KB126929

히말라야 뿔무소

황금알 시인선 146

히말라야 뿔무소

초판발행일 | 2017년 5월 17일

지은이 | 최명길
펴낸곳 | 도서출판 황금알
펴낸이 | 金永馥
선정위원 | 김영승 · 마종기 · 유안진 · 이수익
주간 | 김영탁
편집실장 | 조경숙
표지디자인 | 칼라박스
주소 | 03088 서울시 종로구 이화장2길 29-3, 104호(동숭동, 청기와빌라2차)
물류센타(직송 · 반품) | 100-272 서울시 중구 필동2가 124-6 1F
전화 | 02)2275-9171
팩스 | 02)2275-9172
이메일 | tibet21@hanmail.net
홈페이지 | http://goldegg21.com
출판등록 | 2003년 03월 26일(제300-2003-230호)

값은 뒤표지에 있습니다.

ISBN 979-11-86547-62-5-03810

*이 도서의 국립중앙도서관 출판예정도서목록(CIP)은 서지정보유통지원시스템 홈페이지(http://seoji.nl.go.kr)와 국가자료공동목록시스템(http://www.nl.go.kr/kolisnet)에서 이용하실 수 있습니다.(CIP제어번호: CIP2017009810)

히말라야 뿔무소

최명길 시집

황금알

히말라야 뿔무소

최명길

길바닥에 발자욱만 남았다.
뿔무소는 어디로 가고
나 그 뿔무소 발자욱을 잠깐 열어보았다.
새처럼 앉아있는 꽃,
그 뒤로 깜짝 놀라 또 설봉 앞대가려
혼자 보기 가슴 너무 뛰어
멀리멀리 가버린 너에게로도 보낸다.
두 손으로 가려 떠내어

2005. 9. 1

최명길

| 시인의 말 |

이번 시편들은 다소 울퉁불퉁하다. 외양은 거칠고 내용은 엉뚱하고 서정은 떫다. 히말라야 뿔바위를 닮아 그런게 아닐까 한다. 실은 단 한 번 대좌했을 뿐이었지만, 안나푸르나에 안겼을 순간의 충격은 컸었다. 전 생애가 한꺼번에 소용돌이치듯 했던 그 충격은 시간이 지나면서 많이 사그라들었다.

그런데 언제부터인가 산시로 둔갑해 다시 살아났다. 기이한 일이 아닐 수 없다. 사실 히말라야는 온갖 상징으로 뒤얽힌 천상의 적소다. 얼음 바윗덩어리이기도 초절한 장엄미감을 뿜어내는 은유의 산실이기도 하다. 그 때문에 끝없는 도전을 받는다. 그러나 그럴수록 오리무중의 산이 히말라야다.

설산 히말라야는 한마디로 선의 콧구멍이요 도의 배꼽이다. 거기 빠져 죽은 자가 얼마이던가.

'나'라는 한 인간 벌레가 그 성소에 발 한 쪽을 들여놓은 것만으로도 몹시 송구스러웠으나, 한 치 붓끝으로 이렇듯 또 어지럽히고 있다. 참으로 나는 역천만을 일삼는 불한당이나 보다.

2014년 1월 7일

눈 덮인 설악산 앞에 앉아

최명길

차 례

1부

2부

3부

4부

1부

너와 나 사이

너와 나 두 나뭇가지 사이에는
이 세상에서 가장 강렬한 태풍의 눈이
천둥 벼락을 안고
그보다 더 큰 걸 안고 잠들어있다.

영혼과 영혼의 험악한 산 사이
깎아지른 두 개의 절벽 사이에는
밀봉한 비밀 봉투가 하나
건널 수 없는 강이 하나
삐거덕거리는 빈 배가 하나 놓여있다.

맞서 바라보기만 해도 아찔거리는
갈필로 아무렇게나 내갈긴 족자 한 폭
남루한 깃폭이 하나 펄럭댄다.

송곳처럼 비쩍 마른 나뭇가지 둘
그 알 수 없는 집 둘
가끔 무지개다리가 놓일 법도 하지만
너와 나 그와의 절벽 사이에는

나무 향기

야간 산행을 하고 돌아온 날은
몸에서 나무 향기가 난다.

별빛 묻은 자리에는 당귀 내음이 돈다.

오월 산은 그냥 바라만 보아도
몸에서 산향기가 들린다.

히말라야에 걸려들어

실로 잠깐 사이
히말라야에 걸려들었다가 깨자 꿈이었다.
허튼 꿈이 아니었다.
히말라야가 내 정수리를 타고 들어와
내 몸통에 히말라야가 꽉 들어차 버렸다.
그러다가도 또 잠깐 사이
내가 히말라야산 정수리를 타고 들어가
온 산바다를 헤치고 다녔다.
히말라야 꿈속의 나 혹은
내 꿈속의 히말라야, 이 도무지 모호한
한켠에 엉거주춤 선
한없이 오종종한 나,
그 나가 나라 말할 수 있는
그 나란 말인가

무소 외뿔소

히말라야 뿔무소는 뿔 둘 달린
물소가 아니다.
외뿔을 달고 거친 설산에 사는 코뿔소다.
뿔 하나가 그의 모두고
뿔 하나가 그의 전 재산이다.
뿔 하나로 지축을 꿰뚫어
뿔 하나로 천지의 길을 낸다.
히말라야 성좌를 베고 잠든 그의 등짝을
히말라야 얼음 바람이 몰아치면
뿔 하나를 은산철벽에 꽂아놓고
스스로를 지킨다.
그를 움직이는 것 오직 뿔일 뿐
가진 것이라고는 뿔 이외엔 없기에
뿔을 걸고 평생을 난다.
뿔은 그의 모든 것
뿔이 그 자신이요 전 생애다.
그 무소뿔을 붙들고 종일 서성거리며
나는 잠든 눈을 가늘히 떴다.

허공길

만 리 허공에 떠서 뱅골만을 굽어본다.
하늘궁이 둥글고 북극성
저건 신라 혜초가 노 저어갔던 뱃길 아닌가
시간을 건너뛰어 홀연히
그가 나타나 내 옆구리를 쿡 찌른다.
나는 돛을 높이 올려 바다를 밀고 천축으로 갔지만
너는 지금 어디로 가고 있는 거냐
겁 없이 하늘을 날아.
나는 설산 히말라야로요, 라고 말하려다
그냥 쪼그리고 앉아 귀신고래처럼 뒤척거리는
뱅골만 바닷물결만 굽어본다.
그런데 왜 하필 그때에
우그러들다 만 하현달이 날창에 얼굴을 들이밀며
킥킥 속웃음을 쳐대었는지
세상을 너무 에돌아서 이상했나

한 산

겨울 설악 눈보라 속에서 문득
히말라야 흰 눈 폭풍 소리를 들었다.

하지만 히말라야에 올랐을 때 나는
만년 빙벽에 뼈를 대고 들었다.

백두산 백두폭포 물탕치는 소리가 나고
설악산 죽음의 계곡
얼음 깨어지는 소리가 들려왔다.

소리는 풀파도처럼 일어났다.

나는 꼈던 장갑을 벗고 손바닥을 보았다.
손금에 뜬 천지간의 한 산

한 줄기 피리 소리가 지나갔다.
나는 캔맥주통같이 일그러졌다.

히말라야 돌팍길

끝없는 돌팍길이다.
사흘을 계속 걸어도 또 돌팍이다.
오르는 길이 돌팍
내려서는 길도 돌팍
비 멎자 너무 깨끗해 더럽혀질까 봐
때 묻은 등산화를 팽개치고 양말을 팽개치고
맨발로 걸어가도 되는,
도돌도돌한 돌돌기들이 놀라고
내 발바닥이 놀라 아우성이지만
돌팍은 돌팍을 낳고
그저 돌팍을 낳고 낳아
톨카를 거쳐 난두롱
촘롱 히말라야 로지까지
끝없는 돌팍이다.
설산을 일깨우는 물소리가 귀에 즐거워
휘적휘적 돌팍길을 간다.
발바닥을 타고 오르는 울림은
히말라야 심장 박동 소리
소리에 내 발자국이 얹혀
걷고 또 걷는다.

눈산

길 없는 눈산 허리를
맨몸으로 헤쳐나간다.
한 동행자가 묻는다.
“어디가 길인가?”
“이 눈산에 길은 없다, 온산이 길이다.”
아름드리 벌거벗은 나무 아래
눈털모자를 벗고 고개 돌려 쳐다보는 바위
바위가 웃는다.

눈산에 길은 없다.

안나푸르나 산궁궐

구중 산궁궐을 찾아
집 떠나 있기를 이레째
마침내 첫 궁궐을 만났다.
바람이 하늘 문짝을 두들겨 부수고
어둠 철문을 삐꺽거리자
설산빙벽 산별궁이 나타났다.

괴기한 산집 기둥
괴기한 산집 서까래
괴기한 산집 대들보
괴기한 산집 용마루
괴기한 산집 대전

나는 궐 안마당으로 들어서려다
깜짝 놀라 그 자리에 딱 얼어붙었다.
수미산 사천왕이
왕방울 눈을 부릅뜨며
나를 얽어 붙들어 맸다.

아주 키 큰 전나무

내 평생 그렇게 키 큰 나무
처음 보았다.
귀때기청봉 아래 소승폭포
소승폭포 만나러 가다 폭포보다 먼저 만난
아주 키 큰 전나무
구만리장천을 껴안을 것만 같았다.
꼿꼿한 것으로
청청한 것으로
곁에 또 한 그루 나무를 거닐고 섰었다.
하지만 겁 없이 마구
너무 치솟아 오르다
하늘에게 그만 들켜버린 걸까
중동이 단칼에 잘려 몸뚱이만 달랑 남은 걸
새털구름이 받쳐 들고 있다.
아주 키 큰 전나무는 산비알에
반은
비어 공인 채 서서 있었다.

안나푸르나와 마주 앉아

저 날카로운 칼능선에 나를 걸쳤다.
나는 펄럭대는 누더기
갈기갈기 찢어지고 흩어져서야 그 뭐랄까
찰찰무진법계의 흰 너울 물결과 한몸을 이루었다.
찢어지고 흩뿌려져서야 마침내 한 몸을 이룬 이 몸은
이 몸이 아니다. 나가 아니다.
하늘이 점지한 몸 아니라 안나푸르나가 합일한
또 다른 뭐다. 안나푸르나 몸이다.
서서히가 아니라 몰록 하는 순간
나는 다른 몸으로 다시 태어났다, 분명히
나는 무수한 겁을 돌고 돌아 나온
'나'가 아니라 안나푸르나 상봉의 그 묵조가 낳은
색다른 '나'로, 나의 그 무엇이었다.
안나푸르나는 안나푸르나 나는 나인
그 차고도 비릿한 흰빛 덩어리와 마주친
나,
산이 뿜어대는 숨결의 태동이었다.

너가 아니라

허리가 꼬부라들고 꼬부라들어
코를 땅바닥에 들이박고도
삶이 뭔지 그래도 더 살려고 발버둥 치는 너
너를 보고 있으면 그게 너 아니라
네가 아니라

백 촉 전등불을 켜 놓고도
어둡다고 야단하며
눈을 비벼 눈동자를 똑바로 굴려 세우고
그래도 뭔가 더 있을까 싶어
경전밭을 파헤치고 다니는 너
그게 네가 아니라 아니라

눈물 같은 너가 아니라
이 세상 아무것도 아니라
붙들어 잠깐 말뚝에 매어둔 뿔무소,
너도나도 아무것도 아니라

톨카 가는 길

오르락내리락 꾸불텅거리는 고갯길
구름 속의 다울라기리 언뜻 얼굴 내어놓고
오른쪽으로 돌아들면 안나푸르나 오름길
떨어져 내리는 계곡이 만만찮다.

그 만만찮음 안고 잠깐 걸음을 멈추었다.
아주 작은 풀꽃 안 보일 듯 작아
그냥 지나칠 뻔했던 여리디여린 것이
포시락거리며 발끝에 접혀 올라왔다.
생명 환히 밝다.

그래, 큰 것은 작은 것 안에
작은 것은 큰 것 안에 깃드는구나
히말라야 등허리를 꼭 붙들고 떨어지지 않으려고
안간힘을 쓰는 너,
안보일 듯 너무 작지만 억센 뿌럭지

눈곱만한 이걸 끌어안으려고 늑골은
저리 깡마르고 어깨뼈가 다 오그라들었네.

나는 배낭을 풀어 물 한 모금을 덜어 주었다.
히말라야에 사는 작은 풀꽃에게

보우더나트 불탑의 두 개의 눈동자

그는 눈이 몸이고 눈이 전부다.
눈 이외 다른 것은 없다.
그는 오직 볼 뿐
듣거나 향기를 맡거나 맛을 느낄 수가 없다.
그의 몸은 우주다.
그는 그런 몸으로 태어난 눈동자가 둘 달린 우주이므로
볼 수 있는 것이든 볼 수 없는 것이든 모두 꿰뚫어 볼 수 있다.
지혜의 눈동자
파랑 노랑 빨강으로 금을 그었을 뿐이지만
그리하여 그의 전 존재는 파랑 노랑 빨강이지만
눈동자가 몸인 신
수많은 사람들이 꽃을 뿌리며 경배하는 곳
꽃잎 떨어져 금밭이 돼버린 그런 그
사람과 사람 사이
한쪽 구석에 쪼그리고 앉아
나는 눈동자가 몸인 우주가 아니라
나를 향해 손을 모았다.
더 낮아질 게 없어
다만 요동치는 이 몸뚱이를 향해

산바람

아내는 날 보고 산바람 났다 한다.
산바람 산바람…. 거 참 좋은 말이다.
하기야 한해에도 두 달쯤은 산에 머물고
대청봉에는 백 번 넘게 오르고
백두대간 킬리만자로 히말라야
말등 산 휘어진 산 칼날 산 휘몰아치는 산
그런 산 저런 산
산이 있으면 오르고 또 올랐으니
그런 말 들을 만도 하다.
하지만 배낭을 챙겨 메고 나서면
발걸음이 밝아진다. 어인 일인가
어인 일인가, 오늘 오를 산을 앞에 두고
내일 오를 산얼굴을 그려본다.
내 본생이 산이었던가
세상 쓰디쓰고 고달프고 슬슬한데

아내야, 당신도 한번 산바람 들어라
갈참나무 잎사귀에 소나기 몰린다.

모디콜라강 가 히말라야 로지에서

저녁밥 생각이 없어
홀로 마룻바닥에 반듯이 누웠다.
나무 막사 벽을 두들기며 물소리가 들렸다.
히말라야 만년 빙괴가 방금 풀어놓은 갓 난 물소리
물소리는 햇 자유를 만끽하느라 협곡에서 발버둥 쳤다.
나도 자유로워 어쩔 줄 몰라 하는 그 물소리가 귀에 즐거워
지퍼를 땄다.
밖에는 폭설,
어둠, 은산철벽이었다. 물소리가 거칠어졌다.
물소리를 비틀고 천둥이 울렸다.
일곱 차례나
'천둥소리는 다름 아닌 눈사태 소리'
나는 배가 고프고 잠이 오지 않았으나
꼼짝하기 싫었다.
그냥 갓 난 물소리에만
늙은 귀를 갖다 대었다.

파타나마을 네팔 고산족 소녀의 이마

파타나마을 잘 쌓아올린 돌담길을
막 들어서자 바구니를 걸머멘
소녀 하나가 불쑥 나타나 섰다.

오른손에 낫을 들고
이마에는 커다란 대바구니 끈이 걸렸다.
환하고 이쁘장한 이마

더러 천안통이 열리기도 한다는 이마가
짐을 거는 고리 노릇을 할 줄이야
소녀는 방시레 미소 지었지만

나는 웃음이 잘 나오지 않았다.
몸뚱어리가 뒤로 자꾸 비척거렸다.

히말라야 북두칠성

히말라야에서는 북두칠성이
북두칠성 아니라 북두팔성이었다.
무곡성 거쳐 파군성 다음
그 똥타러박 자루 끝에
또 하나 별이 매어 달려
안나푸르나 산정에서 반짝거렸다.
깜짝 놀라 헤아려 보았으나 틀림없는 별 여덟,
설악산 북방산개구리알처럼 몽글거리는 수많은 별들
틈에서
조금씩 엉덩이를 들어 더욱 크게 보였던 그 자루별들
몸에서는 백두산 호랑이 눈알 광채가 났다.
이천오 년 삼월 칠일 삼경 한 시
나 하늘 보러 나갔다가 엉겁결에 맞았던
히말라야 그 여덟 별
여덟 아라한 존자들

설산 아로나향

설산에는 아로나향이 있다네.
누군가가 이 향 향 내음을 맡으면
어디에도 물들지 않고 곧바로
이구삼매에 들어간다 하네.

나 비척거리며 설산에 이르렀으나
아로나향기는 한 번도 맡지 못하고
눈이 멀도록 그저 흰 눈 흰빛만 마주했네.
어질어질 흰 눈 빛그물에 걸려들어
발버둥 치며 허우적대며
꽁꽁 육신 얼고 마음만 요동쳤다네.

깨끗하고 너무 고요해
보기조차 송구스러웠던 그 드맑은
흰빛
흰빛 도량 석

란두룽 마야산장 딸 구릉 엘리자벳

히말라야 조망이 썩 좋다는
란두룽 마야산장
그 산장 주인은 꼭
우리 옆집 함씨를 닮았었다.

히말라야 산기운을 받아서였을까
얼굴이 투명했다.
눈동자가 맑았다.

통성명하고 보니 그는 몽골 구릉족
우리와 한 뿌럭지였다.
헤어질 때 자꾸 뒤돌아보고는 했던
그 50대 중늙은이 그 뭐랬더라

그 집 둘째 딸 구릉 엘리자벳은
막 스무 살을 넘어섰을까 한데
춤을 썩 잘 추었다.

히말라야가 춤추듯 하던 그 춤

네팔 아리랑 레쌈삐리리도
참 잘 불렀었다.

안나푸르나 그 짧은 한순간

그녀는 나를 이끌고 벼랑을 타고 오르고 나는 그녀를 따라 아슬아슬 칼날 능선에 들어섰다. 정상, 산이 잘 익은 천도복숭아처럼 벌어지고 우주의 여덟 창이 모두 맑게 개었다. 그리고는 흰빛의 그 무슨 백학 날개 같은 게 내 얼굴을 스쳤다. 그 순간,

그 짧은 순간 그 산 꼭지에서 돌연 그녀가 내 손을 놓았다. 그리고는 떨어져 나갔다. 다급해진 나는 가파른 얼음 능선을 미끄럼을 타듯 쏜살같이 내리달렸다. 떨어지는 그녀를 낚아채려는 것이었다. 하지만 그녀는 나보다 먼저 내리달려 시퍼런 강물에 곤두박혔다. 내가 강물을 들여다보았을 때 그녀는 동그란 미소를 띠며 자꾸 아래로 떠내려갔다. 굽이치는 강가강으로.

행복한 두려움에 떨며 유리잔 속 같은 물속에서 허우적거리는 그녀. 나는 얼른 손을 집어넣어 그녀의 볼록한 부분을 움켜잡았다. 그녀는 눈을 떴고 물고기가 입을 오물거렸다. 그녀의 볼록 오목한 부분은 그러나 따뜻했다. 내가 잡았던 손을 놓자 오목 볼록한 부분이 깨어나 돌연

하늘로 날아올랐다.

아아 금시조! 안나푸르나 히말. 그게 바로 너였다. 그날 밤 짧은 한순간의

기적

순간순간이 기적이었다.

아슬아슬해 어떻게
이 삼라만상과 더불어 살아갈까
걱정한 적 한두 번 아니었으나
오늘도 나는 기적처럼 살았다.

두 발 아직 걸을 만하고
두 눈으로 먼 산을 보면
그런대로 아직 볼만하고
두 귀는 새벽이슬 떨어지는 소리에도 소스라친다.
가까스로 헤엄쳐 닿은 이 해역

나에게는 순간순간이
날아다니는 물총새를 한 손으로 붙잡은 것처럼
기적 아닌 것
하나도 없다.

순간순간이 맑고 향그로운
포릿포릿한 기적이었다.

2부

히말라야 뿔무소

길바닥에 발자국만 남아 있다.
뿔무소는 어디로 가고
나 그 뿔무소 발자국을 잠깐 열어보았다.
새처럼 앉아있는 물,
조개구름 밟고 간 자리
깊은 안으로는 반쯤 얼비쳐든 설봉 알몸
혼자서 가슴 너무 뛰어
멀리멀리 가버린 너에게로도 보낸다.
이걸 나
누 손 오그려 움켜 떠 담아

노을 안나푸르나

어떤 현묘한 정신의
울퉁불퉁한 뼈다귀,
그 뼈다귀가 붉게 탄다.
지금 말은 필요 없다.
고요한 응시면 된다.

내 영혼은 그 만년 정수리에 홀려
무간지옥으로 내려갔다 갑자기 맑아지면서
켜켜이 쌓인 껍질이 나가떨어졌다.
다만 산과 나
나와 산이다.
산과 한몸으로 엉켰다.
그리고는 빨려 들어갔다.
애인의 달짝한 입속으로 혓바닥이 빨려 들어가듯
차고도 예리한 흰빛 붉음 속으로

내 온몸이 휘말려들며
그렇게 우주는

란두릉 보리 이삭

3월 란두릉에는 보리가 팬다.
포기가 띄엄띄엄하나 이삭이 큰
까슬까슬한 보리 까우치
바람 불면 보리 파도가 친다.

히말라야에서도 보리가 자란다는 것
이틀을 걸어야 겨우 찻길을 만나는
그 깊은 안쪽에 살면서
돌각 뙈기밭을 일구어
보리농사를 한다는 것,

우리 엄마는 풋보리를 찧어
무서운 오뉴월 보릿고개를 넘었지
보리알갱이를 발방아로 찧으면
풋보리향 온 집안에 꽉 찼었다.

히말라야 보리 파도에 실려 오는
쪽진 엄마 뒷모습

류쉬* 타고 저 마을로

이 마을 건너 저 마을로
류쉬 타고 건넌다.
이 마을 향기를 싣고 저 마을로
저 마을 구름 싣고 이 마을로
이 바구니에 저 산을 싣고
저 바구니에 이 산 그림자를 싣고
나무 열매 싣고
아기 안은 아낙을 싣고 나도 싣고
나이 든 아버지를 젊은 아들이
두 가다리 사이에 끼워 싣고
일렁일렁 요람처럼 흔들리며
강을 가로질러 공중잡이 한다.

일렁일렁 삶을 건너선다.
일렁일렁 삶이 오고간다.

* 류쉬: 쇠도르레를 쇠밧줄에 걸어 강 마을을 오고 가는 기구.
네팔 카트만두에서 포카라로 가는 강마을 협곡에 있다.

신의 소리 히말라야 종소리

여기서부터 정갈히 하시라
히말라야 신이 상주하느니
안나푸르나 오르는 길
히말라야산의 히말라야마을 조금 못 미쳐
해발 2천7백m쯤에 이르러 보면
오른쪽에 사당 있고 그 안에
꽤 오래된 청동종이 하나 매달렸다.
오고 가는 산객들은 이 종을 한 번씩 친다.
누가 치라지 않아도
저절로 그렇게 한다.
히말라야 신에게 소리 공양을 하려는 것,
아니 나 안의 신에게
소리를 바치려는 것이다.
신이 소리만을 먹고 살지는 않겠으나,
산객들은 히말라야산을 보러 가면서
파랗게 녹 돋아 낡은 그 종을 치고
종은 울려 히말라야 적요를 깨뜨린다.
내 안의 적요를
본성의 진동소리를
잠깐 들었다 싶게도 한다.

설악산 물 한 병

밤새 물병을 가슴에 품고 있었다.
집 떠날 때 갖고 온 설악산 물
히말라야에서 마시리라
하지만 폭설이 내려, 내리고 쌓여
산은 볼 수 없고 사방이 어둠이었다.
기다리며 한 모금
숨 몰아쉬고 한 모금
새벽까지 한 모금
히말라야 산이마가 동터 붉어올 때까지
조금씩 한 모금
마침내 물이 다 떨어져
단 한 방울도 남지 않았다.

빈 병을 기울였다 놓고
기울였다 놓고 나는 하는 수 없이
히말라야 노을 잎사귀만을 한 잎씩
따다 자꾸 채워 보는 것이었다.

스와얌부나트 사원의 불탑

펄럭대는 룽다
그 아래로 사람들이 탑돌이를 한다.
나도 끼어들었다.

오체투지로 탑을 돌았다.
볼만하다, 이 순례자의 모습
무얼 찾아 고행인가

마음 수레 타고
한평생 거친 광야를 헤매다니다 마는 게
이 육진의 삶 아니냐

떨어진 무릎 자락 팔 뒤꿈치
너덜거리는 천 조각이 미풍에 나부낀다.
바람 받는 빈 나무,

살아있는 탑이다.
나는 따라 하던 탑돌이를 멈추고
빈 나무 같은

탑 같은
그를 향해 섰다.

그 나무를 그 탑을 향해 두 손을
내 마음을 모았다.

안나푸르나 구름 등불

저것은 모래폭풍 낙타등
저것은 네팔 산악전사 구르카의 칼 쿠크리
저것은 타르초경經의 늘어진 줄
저것은 누운 여신의 반달 허리선
저것은 상원사 범종 공후 타는 관음보살이 걸친
천의,
천의처럼 눈치마주름이 하늘하늘 흘러내린다.
하늘바람을 일으킨다.

그 주름 터진 사이를 너듬거리며
구름 등불을 켜 들고 누가 가고 있다.
이 희한한 지경!

내 안의 신이 그대 안의 신에게 경배하나니

신이 죽었노라고 누가 말했는가
내 안의 신이 그대 안의 신에게 경배하나니
갓난아기나 죽음을 기다리는 이,
가난뱅이거나 부자거나 어느 누구거나
말미잘이거나 시커먼 바윗덩어리거나
두 손을 모으는 바로 그 순간
신은 살아있고 살아있어 기쁘다.
그대 안의 신에게 내 안의 신이 경배할지니
신이 죽었다고 다시는 말하지 말라
내 눈동자는 신의 눈동자 네 귀는 신의 귀
내 몸은 신의 거처
내 안의 신은 나를 지키는 숨결이다.
나마스떼* 오!

* 나마스떼Namaste: 네팔과 인도 사람들의 인사말. '내 안의 신이 그대 안의 신에게 경배합니다.'라는 뜻이 담겨 있다. 여기서 '그대'는 그대의 과거의 모습이 아니고 미래의 모습도 아닌 현재의 모습 그대로인 그대를 말한다. 현재는 모든 과거가 축적된 몸이며 미래를 담고 있는 가능성의 몸으로 신성 그 자체다. 따라서 충분히 존중받고 경배 받을만하다.

백의의 안나푸르나

수행의 절정에 도달한 자의 이 침묵을 보라
백의의 부드럽고도 냉엄한 어떤 정신을 흰 너울 고요를
절대 순수의 그 높이와 깊이를
흰 꽃방석을 받들어 올린 능선과 능선 그 위에 가물히 올라앉아
희한한 지경에 이른 자의 이 요요한 흰빛 덩어리를
오 홀로구나. 홀로구나.
백의로 홀로
만년 빙벽이 뿜어대는 예리한 이 정결성이여
나는 눈이 부셔, 부셔 도저히 맨눈을 뜰 수 없었다.
숨과 숨 사이로 생명은 왔다 갔다 하고
어둠과 밝음 그 두 세계가 서로 명쾌하고도 깨끗하게
자리바꿈하던 그 순간
설산은 일목요연했다.

천만년 백의의 그와
반만년 백의의 나와

구름 안나푸르나

구름 속에서 조금 조금씩
퍼들어지는 순간
그래 순간이다. 나는 놀라고
너는 홍련꽃망울이었다.

처음 나는 네가 구름 속의
또 다른 구름 기둥인 줄 알았다.
그러나 아니었다. 그것은 빙괴,
빙괴 치뻗쳐 요동치는 하늘 무한대였다.
중천에는 다만 너 하나
너 혼자뿐이었다.
비쩍 마른 능선이 너를 떠받치느라
있는 힘을 다 쏟았으나

그럴 때마다 네 알몸은
더욱 싱싱하게 드러나
모든 부끄러움을 넘어서고 있었다.
딱딱한 불꽃 정념으로

돌계단과 침묵

페디에서 마체푸츠레 베이스캠프까지
침묵의 돌계단
무서운 그 돌계단이
50만 개가 넘을 듯하다.

오르락내리락 돌계단 마체푸츠레 길
이 침묵의 길을
내가 오체투지 할 밖에
달리 할 일이 없다 싶을 순간,

수많은 발자국 소리가 먼저 기척을 냈다.
바위 짜가리에 자일을 걸듯
산에 목숨을 걸고 덤벼들었던 젊은이들
그들은 무엇 때문에
산에 이끌렸던가

눈까풀을 닫을 힘조차 없어졌을 때
마지막으로 눈동자에 비쳐들었던 것은 또 무엇이었을까
히말라야 성좌였을까 엄마였을까

죽은 자는 살아있었고
살아있었던 자가 죽었다.

삶과 죽음은 한 나무의 서로 다른
두 개의 잎사귀

내 몸이 구부러질 때마다 의문은 터지고
나는 안간힘을 다해
자벌레처럼 몸을 옮겨 놓는다.

층층 돌바닥이 내 발자국 소리를 담고
생선처럼 파닥댄다.

조을음

히말라야 3월 눈은 달다.
해발 2천9백에서 3천으로 높아지자
숨이 찬다. 눈이 쓰다.
다시 3천7백m의 마체푸츠레 베이스캠프까지 계속 눈이 내리고
주먹만 한 함박눈으로 바뀌어 펑펑 내리고
산도 하늘도 바위도 모두 광란하는 흰 눈 물결속으로 들어가 버렸다.
들어가 앉아있다.
눈 밖에서 눈 안의 그 잎음새를 보니 독락지경이다.
나는 밥 한 덩이를 겨우 받아 쥐고
캠프 난간에 기대어 졸았다.
세상만사 모든 걸 잊고 밥 한 덩이만을
왼손에 움켜잡고

히말라야 설인 예띠

설인이었다. 설인이었다.
말로만 듣던 설인 예띠였다.
예띠 발자국이었다.
털투성이 저 인간 괴물 예띠
'나는 너를 보러 온 것은 아니다.
히말라야를 보러 왔다.'
중얼거림이 채 끝나기도 전에
그가 나를 번쩍 쳐들어
석암 빙벽에 팽개쳤다.
도무지 측량할 길 없는 협곡 무한대로
나는 나가떨어지고 몸을 떨었다.
'여기는 무얼 하러 왔는가? 너 인간이여
너 같은 게 들어서서는 안 될 곳이
바로 이곳, 절 팔만사천 배를 하라'
절 열 번을 하고 또 하려고
눈을 번쩍 뜨자
인간 괴물 예띠는 온데간데없고
내가 선 자리가 우주의 배꼽
얼음 구멍 환한 안나푸르나 중허리,
지심을 관통한 퐁퐁 샘이었다.

흰 너울 안나푸르나

지금 이 순간 나는 절대
거짓말을 할 수 없다.
동이 트고 햇살이 산이마를 들이비추고
마침내 전신이 드러났을 때
나는 내 모든 업*장이 녹아내린 듯
저절로 두 손이 모아졌다.
휘몰아치는 설빙과 만년 빙하
몸뚱어리 통째로 하늘을 치찔러놓고도 참으로 무심한
한바탕 이 흰 너울춤, 하지만
그것은 정신의 끝닿을 수 없는 초절한 높이었나.
그것이 제 모든 것이라는 듯
산의 영혼이란 바로 이렇다는 듯
수많은 칼날 능선들은 하나같이
은밀하게 홀로,
다만 그리로 고개를 치켜들고 있었다.
하늘 무한대를 휘저어가서
흰 뿔 고요
다만 그리로

* 업: 산스크리스트어로는 'Karma'. '나'라는 개체의 현재 모습과 상태를 온전한 현재 그대로 존재할 수밖에 없게 하는 원인 제공자, 그 힘. 몸身 · 입口 · 뜻意 삼업의 바람이 미래를 결정하는 동태다. 늘 신과 함께하는 네팔 사람들은 일상생활에서 이를 더 확대 해석해 삼라만상의 생성원인임과 동시 '우주의 핵'으로 보고 있다. 업장業障은 업의 방해 요체.

가릉빈가 새가 한 번 하늘을

히말라야에는 가릉빈가가 산다.
한 번 날아오르면 날개 한 쪽이 온 히말라야를 덮고
한 번 울면 백 리에 소리가 메아리친다는
인두조신人頭鳥神의 그 새가
그 눈산 눈폭풍 속에 살고 있다.

가끔 사람들이 빠져 목숨을 잃고는 하는
크레바스가 그 새의 집일까

어쩌나 나 주름투성이 몰골로
히말라야 안나푸르나와 딱 한 번 마주쳤을 때
그 놀라움 속에서
내가 본 건 미칠 듯 몰아치는 눈보라와
그 눈보라가 하늘로 올라가 새벽빛을 받아들고서
노을 구름 날개로 돌변하는 모습이었다.

모르겠다,
그 인두조신의 한쪽 날개가 바로 노을 구름이었을지
안나푸르나 만년 빙벽이었을지

해골 안나푸르나

풀잎사귀 하나 걸치지 않았다.
해골산 안나푸르나 히말
그 나신은 차라리 백색 성결의 몸부림이었다.
모든 걸 벗어버린 순일한 흰빛의
아주 미려한 날카로움이 좋아 그냥 다짜고짜로
다짜고짜로 몇천만 년을 홀로 있었느냐
홀로 즐거워 그냥 활짝 피어있었느냐

어제는 눈보라 쳤지만
오늘은 눈 그치고 해골 봉우리 그대로다.
바로 그 해골 몸뚱어리 해골 가슴팍에
딱 한 번 안겨보려 나는
예순 몇 해 동안 동정을 지켜 왔던가
너의 그 포악한 아름다움에 반해 미친 열병이 일어
네 가랑이 사이
미친 산바람 폭풍이 일어

폭풍을,
울퉁불퉁한 바위를 비쩍 마른 내 가슴팍에
안아보려

산지팡이에 달무리가 걸려

산지팡이에 달무리가 걸렸을 뿐이었으나
히말라야에서는 눈사태가 일어났다.
강물은 떠들어대고 산이 울었다.
누군가는 황천으로 갔으며
파도 잎사귀 물여울쳐 숭어 새끼가 뛰어올랐다.
논다랑이로 명주 목도리처럼 백학이 너울거렸고
꼭두서니 풀잎파리가 잠시 불콰했다.
산지팡이에 달무리가 걸렸을 뿐이었지만
페와호수에 담긴 다울라기리를 뱀장어가 집어삼켰다.
킬리만자로 만년설이 조금 줄었고
봉정암 적멸보궁에는 만다라화가 반개했다.
동해에 태풍이 몰아쳤으며
그 태풍의 눈 한가운데 들어앉아
나는 하늘에 몸을 갖다 대고 귀를 기울였다.
다만 달무리가 걸렸을 뿐이었으나

히말라야 우박

비가 오다가 우박이 쳤다.
시시각각 뒤바뀌는 히말라야 날씨
세상이 갑자기 캄캄해진다.
해발 2천9백2십m 히말라야의 히말라야라는 곳
열서너 살쯤 먹어 뵈는 네팔 소년이
산곡두에 붙들리어
우박을 맞고 섰고
나는 쌓이는 우박 더미에 갇혀버렸다.
소년의 눈빛과 내 눈빛 사이
눈빛과 눈빛의 저 유치찬란이여!
우박은 한참 만에 눈으로 변했다.
자정이면 세상이 좀 조용해지려나 싶었으나
요란스러운 천둥소리
'눈사태 소리였던가' 물소리,
소년은 그사이 깊이 잠들고
나는 너무 크고 장엄한 어둠에 놀라
하늘이 하는 일에 잠깐
귀를 들이대 보는 것이었다.

존재는 다만 존재로

누가 이 험상궂은 몰골을
이 지상에 던져 놓았는가
있을 것은 있고 없을 것은 없고
더할 것도 모자랄 것도 없다.
어느 경계에 들어서면
모든 형상을 뛰어넘어 사방팔방이 다만
그러그러할 뿐인가
나는 한쪽 손으로 이쪽 봉우리를 짚고
다른 한쪽은 저쪽 봉우리를 짚고
천야한 협곡 안을 들여다본다.
산꼭대기가 아니라 그 아래도
다만 그러그러할 뿐인 것을
존재는 다만 그러그러하다.
더 얼 것도 녹을 것도 없이
영롱하여 위아래가 모두 공이다.
이 산이 한 번 꿈틀대자
대지와 하늘이 찢어지며 날뛴다.
어느새 몸통은 흩어지고 백골무더기,
온갖 형상이 몸에 있고

온갖 형상이 몸을 떠나버렸다.
다만 고요만이 그의 친구
그의 그늘이다.

포카라로, 2005년 3월 3일

카트만두 한국인 식당 '비원'에 들러 밥을 먹고 신기호텔에서 일박 후 깨어났다. 작은 새들의 울음소리가 들렸다. 비췻빛 네팔 까마귀들이 하늘로 돌아다녔다. 제비가 안녕하고 인사하다. '혹 육십 몇 해 전 강릉 우리집 생가 처마에서 알 깐 조상을 둔 후손 제비 아닐까?' 솔개들이 높이 떠 비행하며 갑자기 나를 열댓 살 안팎 저쪽으로 끌고 갔다. 탈 것에는 오른쪽에 운전대가 있고 좌측통행, 자동차보다 많은 자전거가 오고 갔다.

오토바이 소리, 샌달, 쇼올, 사리. 마오들이 출몰한다는 소리가 들렸다. 선물 틈바구니에는 알록달록한 상점들이 비집고 들어앉아 있다. 귀엽다. 상점에서 빤히 내다보는 여주인이 귀엽고, 유채꽃과 장다리꽃. 작은 체구의 사람들이 꽃 옆으로 지나다니는 게 귀엽다. 힌디. 적벽돌 공장 높은 굴뚝에서는 연기가 폴폴거렸다.

부드러운 연노랑 흙. 현지인들은 몸수색을 당한다. 도고(짐바구니)를 등에 진 여인. 삽질하는 여인. 돌을 망치로 두들겨 깨는 아이들. 무작정 키 큰 대나무. 고장 나 방치한 차들. 탄환에 맞아 타버린 트럭. 가끔씩 튀어나오는 총 든 병사들. 다리 난간으로 나풀나풀 뛰어다니는 처녀. 야크통을 짊어지고 가다 비켜서는 청년. 나는 지금 깎아지른 절벽을 끼고 도는 아슬아슬한 도로를 달려 히말라야 보러 포카라로 간다. 산벗들과.

네팔 카트만두에서 포카라까지는 2백km길. 점심값을 합쳐 10불 주고 버스를 탔고, 점심으로 '달밧'을 먹었다. 가끔씩 통행이 차단돼 어리둥절하다. 여인의 눈썹 같은 밭두렁 뙈기밭을 갈아엎느라 소 두 마리가 쟁기를 끈다. 차문으로 나무통 악기를 올려 밀며 사라고 조르다 통나무를 파 만든 '사랑니'라는 전통악기, 만드는데 두 달이 걸렸어요, 한다. 악기 울림통에는 명주실 줄 네 가닥이 걸려 있다. 튕기면 가야금 소리를 냈다. '사랑니'

장작. 페와호수 뱀장어. 호수 언덕 위에는 유별나게 흰 사원이 앉아있다. 식당 '천지'에서 본 양귀비꽃. 양귀비 이파리 하나를 뜯어 맛을 보다. 살이 드맑은 아열대산 포도 한 송이, 능금사과. 나는 손으로 뜬 아기 면양말 네 켤레와 끈을 길게 늘어뜨린 수제 고깔모자 넷을 샀다. 서너 아름이나 됨직한 나무와 그 아래서 뿔소들이 거리낌 없이 자유를 만끽하고 있다. 신으로 변한 소.

해발 8백2십7m. 일곱 시간 걸려 모든 여행의 시작점이라는 포카라에 닿았다. 석가와 룸비니를 생각했고 룸비니에는 끝내 못 갔다. 영성을 깨어나게 한다는 마체푸츠레산을 멀리서 첫 대면하다.

오늘도 책장 한 장 바람날에 뜯겨 사라지는구나.

3부

두려운 흰 연꽃길

순수 정결한 흰빛을 마구
함부로 짓밟아도 될까?

하지만 나는 걸으며
때 묻은 발자국 하나씩을
그의 몸에 들여놓고야 말았다.

그런데 누군지는 모르나 그가
내 뒤를 따라다니며
흰 연꽃 한 잎사귀씩을
따내 몰래 떨어뜨려 놓았다.

산정 하늘길도 흰 연꽃 송이
그만 두려워져 나
꼼짝할 수 없었다.

선禪, 히말라야

이제 더 말하지 말라
나는 그냥 맨몸이다.
맨몸 그 하나만이 곧 나의 말이다.

안으로 얼어 터지다 어느 극점에 다다라
이러지도 저러지도 못하고 딱 멈추어 선 바로 그 순간
오소소 그 불벼락 치는 찰나에
홀연히 나는 나로 돌아왔다.
나, 그 신전으로 돌아왔다.
이 살아있는 신전은

다름 아닌 맨몸이다.

그날 밤 달이 얼마나 그윽하던지

그날 밤 달이 얼마나 그윽한지
법수천 피라미가 물탕치는 소리 들렸다.
나는 면벽하고 가만히 앉았으나
신라샘에 별빛 떨어지는 소리가 들려왔다.
그날 밤 달이 얼마나 그윽하던지
대청봉 눈잣나무 뿌리가 바위 짜가리를
일구며 오돌대는 소리가 들려왔다.
히말라야 안나푸르나 눈사태 소리
한여름 천둥 치는 소리 같은 것이
돌거북을 타고 와 뱅갈만 파도를 타고 와
내 책꽂이에 꽂아둔 우파니샤드 책장을
바스락대며 넘겼다. 마음 때문이었을까
깜깜한 벽을 마주해 있었을 뿐
한 일이라고는 아무것도 없었는데도
학이 날아와
영금정 학바위 거문고를 쳤다.

네팔 산악전사의 칼 쿠크리

칼이 참 묘하게도 생겼다.
칼등은 안나푸르나 팡봉 같다.
설악산 용아장성능 같기도

용맹스러운 네팔 산악전사들은 이 칼로
2차 대전 총알 밭에서 연합군 전초병이 되어
나치군을 휘저으며 신출귀몰했다 한다.
한번 치켜들면 히말라야가 윙윙
소리치며 울 듯하다.

손아귀에 딱 들어맞는 칼자루

담금질을 몇 번이나 하였을지
강철 몸에는 황룡 두 마리가 뒤틀려 있다.
칼이 칼에 닿아 번쩍이자
용을 먹이로 한다는 금시조 한 쌍이
용을 파내 물고 허공에서 날뛴다.

나 그 칼 내 서재에 두었다.

백의의 히말라야

적당한 맑음과 깊이로
깎아 세운 고요,
흰빛 절창이여

백두대간 화주봉 흰오리난초 꽃망울 같은
거대한 암흑바다 속의 흰 알
도무지 깨뜨려질 것 같지 않아
망치로 자꾸 두들겨보고 싶은
무상의 이 적묵
흰빛 흰빛 흰빛 정걸이어

우리의 만남은 그러나
향기 한 종지만큼의 순간이었다.
그 순간에

너는 흰 활옷을 입고 너울거리고
나는 검뎅이 등산복

그러나 이르러 보아버리고만

날카로운 적묵
그 앞에 대좌한 나

히말라야 뿔무소 발자국

뿔무소가 그만 대숲으로 들어가 버렸네.
나도 대숲으로 따라 들어갔네.
하지만 히말라야 뿔무소 없네.
대숲 속 뿔무소 대숲에 없네.
이걸 어쩌라고 대숲 왕대밭에서는 더 이상
뿔무소 찾을 길 없네.
물이 흐르다 말고 깔깔거리네.
머리만 드러낸 앞산 히말라야가
찌부러든 나를 보고 깔깔거리네.
나는 소 발자국을 따라가다가
소 발자국에 발을 빠뜨려 헤어날 수 없네.
마른 대나무통이 퉁퉁거리네.
무소여 뿔무소여 어디로 가버렸는가
대바람 소리만 와삭거리고
사방 천지에 뿔무소 보이지 않네.
대 그림자 어지럽게 헝클어진 대밭에
내 그림자가 헝클어져 뒹구네.

데우라리* 폭포가 나를 몰아쳤다

이 폭포 높이 실로 1천m는 되겠다.
수직 암벽을 뛰어내리는 물, 물의 힘이여
하지만 이름이 없다.
'데우라리' 폭포라 해 둘까
그러나 바로 그 순간 천둥치듯 산을 울리며
갑자기 눈사태가 일어났다.
아래는 만년설 폭풍, 눈 무더기가 폭포를 타고
어딘지 모를 위에서 아래로 거침없이 휩쓸려왔다.
금방 내 앞에 눈산 하나가 생겼다.
실로 눈 깜짝할 사이,
나는 눈사태 눈산 위에서 한참을 허우적거렸다.
태고의 하늘과 표풍과 얼음덩어리가 밀쳐 들었다.
야릇한 천상의 악기 소리가 들렸다.
오직 암벽에 달라붙어 올라간 산정
끝닿을 수 없는 협곡
만년설 녹은 물이 고동을 쳐대는
여기가 어딜까? 꼼짝 못 하고 있는 사이
폭포 낙차가 몰아치는 사이
나는 자꾸 곤두박이며 무너져 내렸다.

* 데우라리Deurali: 안나푸르나로 오르는 협곡. 폭포는 이 협곡 수직 뺑대에 걸려 있다.

히말라야 선견약

안나푸르나 베이스캠프에서는
단 한술 밥도 먹을 수 없었다.
선견약이 히말라야 어디에 있다 하나
눈 속이라 찾을 수 없었다.
맛을 보기만 해도
사천하의 병이 다 낫고
맑은 물소리처럼 몸 모두 깨끗해진다지만
내 눈에는 띄지 않았다.
그렇기도 할 거야, 그 약초향
눈 아니라도 스며들지 않을 섯
속 때 너무 켜켜이 쌓인 나 같은 놈
눈에 띄는 게 더 이상할 거지
세상에 내려가 나
속 때 씻고 마음 씻고
업장 모두 불태운 다음 그 환한 어느 날
다시 이 히말라야 품에 안긴다면
그때에야 내 몸에 스밀까
단 한술 밥도 먹을 수 없는 이 나여
암만 눈 닦고 보아도 선견약 없고

저무는 히말라야 빙벽을
냉랭한 바람 소리만 핥아내린다.

안나푸르나 I봉과

저건 안나푸르나 제1봉
저건 팡
저건 안나푸르나 남봉
저건 히운출리
저건 마체푸츠레
저건 강가푸르나

이 어질거리는 설산 산밭 흰빛 찰랑임
그 중심에 시방 내가 있다.
엄숙한 시간과 공간이 나를 밀어 넣고
하늘은 마냥 호호탕탕이다.

그 아래 만년설
안나푸르나 산군의 엄청난 기운
그 기운이 휘몰아쳐
나는 그만 무릎을 꿇을 수밖에 없다.

안나푸르나에 안겨
간절히 내 몸을

달리 어찌할 수 없어 다만 무릎을
꿇을 수밖에는

파그마티강 다리 난간에 기대어

나귀가 강을 안고 잠들었다.

강둑에서는 죽은 자들이 불 속으로 들고
강물에서는 산자들이 목욕을 한다.

나는 지금 그 강을 굽어보고 있다.
산 것과 죽은 것의 차이가 이쯤인가

묘법연화경 여래수량품에서는
사람 수명 무량이라 했으나
이 물건은 도무지 움직임이 없다.

나귀가 싣고 온 건 죽은 자다.

히말라야에서 내가 나를 보아하니

그저 멍해 있을 뿐이었다.
벽공만계가 엄청난 산덩어리로 차올랐으므로
그보다는, 흰 살덩이
그사이에 끼어든 조그만 딱정벌레,
살덩이와 살덩이 사이
그 낙처에 한 인간 벌레가
꼼지락거리고 있었다.
그게 바로 나였다.
측은히 히말라야가 그걸 내려다보았다.
그런데 내가 다시 그 살덩어리를 헤집고
막 빠져나오려는 순간
그만 말을 잃고야 말았다.
네가 있어 나 여기까지 왔으나
여기까지 와 네 곁에서 어정거리고 있으나
너는 다만 그러했을 뿐
나는 벌레, 상처나 꼼지락대는 딱정벌레
그것 외엔 실로 아무것도 아니었다.
붉은 산 만산 먼동아

산의 말씀

말 없는 히말라야 돌산 덩어리
나는 네가 하는 말을 들었다.
말을 넘어선 말,
말을 넘어서서 단도직입적으로 한 더 큰 말
더 큰 말의 말은 함묵이었다.
말이 없는 말이었다.
숨을 쉴 수 없어 만년 설벽을 안고 엎어지려는 찰나
그 산 등줄기가 푸들거리며 들려왔다.
함묵의 말로
너는 열 번을 더 죽어야 바로 죽는다.
우스꽝스러운 내 생애여
죽을 수조차 바로 죽을 수 없다니
이 허깨비 같은 춤놀이여
하기야 죽음을 바로 보아야 바로 죽지
죽음조차 바로 보지 못한
지금의 이 나는 도대체 무엇이란 말인가
말 없음의 말 그 얼음 단칼의
말을 넘어선 그 말이야말로
참말임을 왜 나는 지금
히말라야에 와 문득 깨닫는가

히말라야 황금불꽃사원

실로 괴이한 일이다.
수많은 산봉우리들이 새벽빛을 받아들고
순백의 절정을 향해 막 올라설 즈음
아찔한 그 찰나
산승이 황금 가사를 두른 듯
돌연 안나푸르나가 황금 가사를 걸치고 나타났다.
어찌하나 이 순간을,
수달타가 기수급고독원 동산을 황금으로 덮었다 그랬지만
어느 누구에게 저 산을 바치려
어느 미친 자가 금니 옷을 입혀 놓고 저 야단인가
내가 투덜거리며 고쳐 다시 보자, 아니다.
틀렸다 틀렸다. 모두 아니다.
그건 우주가 꽃불을 놓아 지은 황금불꽃사원
이 무지랭이는 그것도 모르고
추워 오돌거리며
그저 산 문짝이나
막대기로 두들겨대었으니.

좀 멍청한 산

산거북 얼굴
뿔무소 등짝
눈표범 눈동자
내가 본 것은 헛꽃이었더냐
헛꽃
헛꽃
이런 헛꽃 꽃대궁이를 밀어 올린 자가 다 있다니!
험상궂을래야 더 이상 험상궂을 수가 없고
아름다울래야 더 이상 아름다울 수가 없는
말하자면 그저 그럴 뿐인
그저
산, 뭐랄까 좀 멍청하다,
히말라야여

히말라야 설빙을 깨어 먹으며

흰빛이 똬리를 틀고 앉아
모든 걸 집어 삼켰는가
고요하고 고요할 뿐이다.

나는 목이 타 물을 찾았으나 물이 없다.
설빙이 물이다.
강철 설빙이 물인 세상
'살며 또 얼마나 화기에 시달렸는지….'
나는 엎드려 만년 설빙을 깨뜨려 먹었다.
혓바닥을 타고 흐르는 삼엄한 냉기
그리고는 아무것도 아니었다.

천만년 저쪽의 너와
천만년 이쪽의 나와
다만 아리아리한 흰빛 적광
조선의 그 백자 해치 연적과

꽃나무도 아닌 것이

꽃나무도 아닌 것이 꽃이 만발해
해가 가고 달이 가도 시들 줄 모른다.
폭설 그치고 어둠 걷히자 더욱 또렷이
허공에는 다만 하나
너, 설벽
사방이 청청하고 네 벽이 허물어져도
하늘과 땅이 마구잡이로 들이닥쳐 받들어 피운
너는 무우수나무의 꽃
수많은 꽃떨기 속에서 향기 더욱 드높은
일억 살도 더 넘은 얼음산,
얼음꽃이다.

모디콜라강 횡곡 쌍폭

데우라리 폭포를 지나서자 또 폭포, 폭포 둘,
광목 천 쪼가리가 펄럭대듯 물줄기 두 개가 펄럭거렸다.
하늘에 매달렸다가 떨어지는가
하늘 천 쪼가리인가
두 개의 유방 잎사귀에서 떨어지는 젖방울
혹은 얼음 기둥, 얼음 기둥이 쏟아내는 섬광 섬광 섬광 섬광이여
그리고는 폭설
산봉우리도 능선도 사라졌다. 사라져 없다. 없다.
히말라야에는 지금 아무것도 없다.

얼음 아가리 혹은 틈

해발 3천9백m에 이르자
모든 길이 사라졌다.
다만 장엄한 설원,
나는 짐승처럼 헐떡댔다.
허벅지까지 빠져 한쪽 발을 겨우 떼어 올려놓고
다른 한쪽 발은 빼어 올리지 못해
고목처럼 서 있다.
겨우 옮겨 디딘 발자국은 비뚤비뚤하다.
이 속에 크레바스가 웅크리고 있다면
통째로 나를 삼켜버린다면
하지만 설산 설원은 말이 없다.
사투 끝에 해발 4천1백3십m에 이르렀다.
기압은 6백6십3헥토파스칼
거기까지 끝내 크레바스가 나타나지 않고
'그렇다고 그게 다행스러운 것도 아니고'
내 흔적만 비뚤비뚤 외톨로 있다.
비뚤비뚤 비뚤비뚤 내 한 생이여
냉기가 소용돌이치는 시커먼 얼음 아가리
히말라야 만년 설벽을

사정없이 쩍 벌려 놓은 틈은
끝내 안 나타나고
말을 떠난 자의 말 밖의 그
무한 구렁텅이는, 속심은
안내어 보이고

물레방아와 구릉족 아낙

촘롱 협곡에 자그만 물레방아 있었네.
설산 물이 돌리는 물레방아
지붕은 나무껍질과 풀대를 엮어 덮었고
나무 외문짝이 삐꺼덕거렸다네.

한 아낙이 지붕에 기대 누워있었네.
그 모습이 너무 평화로워 내가 손짓을 했네.
모든 걸 내려놓고 빈손을 꺼내어 들었네.
징검돌다리를 건너 외나무다리를 건너
생글생글 웃으며 아낙이 다가왔네.

안에서는 물레방아가 돌아가고
옥수수가 한 알씩 튕겨져 내려와
방아 돌확에서 타개지고는 했네.

한 알씩 부지하세월을
타개지고 한 알 한 알

아낙은 물을 건너 내게로 다가와 섰었네.

개울에 빠졌던 히말라야 봉우리 하나가
벌떡 일어나 고개를 갸우뚱했네.

그 사람

죽음을 기다리는 집에서 만난
그 사람, 하지만
눈빛에는 두려움 같은 것 없었다.

담요 한 장을 거적때기처럼 걸치고
파슈파티나트 맨바닥에 비스듬히 누워서
한 그릇 달빛을 움켜쥐던 손아귀

팔뚝에는 힘이 꽉 차 있었다.
죽을 때 쓰려고 남겨둔 최후의 힘이던가

아직 육신의 그릇은 쓸만하나
이생에서는 더 담아둘 게 없어
살바야로 떠나려는 걸까
나는 무릎을 꿇지도 못했다.
손 모아 빌 수도 없었다.

살아야 사는 건 줄 알면서
살아야 깨침도 얻으리라는 걸 알면서도

말없이 거저 돌아서야 했다.

죽음을 공손히 모셔 앉히려는
그이에게 내가 해줄 수 있는 일은
실로 아무것도 없었다.

히말라야는 이슬 한 방울

히말라야는 이슬 한 방울이다.
아니다. 히말라야는 히말라야
8천m 이상 얼음바윗덩어리 산이
14좌나 불끈거리고 있다.

네팔 안나푸르나(8,091m), 네팔 에베레스트(8,848m),네팔 칸첸중가(8,586m), 네팔 로체(8,515m), 네팔 마칼루(8,463m), 네팔 초오유(8,201m), 네팔 다울라기리(8,167m), 네팔 마나슬루(8,163m), 파키스탄 K2(8,611m), 파키스탄 낭가 파르바트(8,125m), 파키스탄 가셔브룸〈Ⅰ〉(8,068m), 파키스탄 가셔브룸〈Ⅱ〉(8,035m), 파키스탄 브로드피크(8,047m), 중국 티벳 시샤팡마(8,013m)

몸 씻고 고요히 좌정해 다시 한 번 불러보면
안나푸르나 에베레스트 칸첸중가 로체 마칼루 초오유
다울라기리 마나슬루, K2 낭가 파르바트 가셔브룸〈Ⅰ〉
가셔브룸〈Ⅱ〉 브로드피크, 시샤팡마

네팔 히말라야 안나푸르나에도 또 산 산 있다.

안나푸르나Ⅰ(8,091m), 안나푸르나Ⅱ(7,939m), 안나푸르나Ⅲ(7,555m), 안나푸르나Ⅳ(7,525m), 바라하쉬카르(7,647m), 안나푸르나 남봉(7,219m), 캉사르캉(7,485m), 강가푸르나(7,454m), 타케캉(7,202m), 틸리초피크(7,134m), 닐기리 북봉(7,061m), 마체푸츠레(6,993m), 휘운출리(6,441m)….

저 기골찬 괴물들은 다 무엇이란 말인가

산인들은 산이 있어 산에 가는 것이 아니다.
산이 없어도 없는 산을
천지간에 우뚝한 마음의 산을 만나러 간다.
없는 산은 풀잎 이슬 한 방울

4부

바로 여기 이 순간

그러니까 말해보라
바로 여기 이 순간까지 어떻게 걸어왔는가를
말할 수 없다.
바로 여기 이 순간만이 나에게는 진실이므로
옷깃을 조금씩 끌어당겨 보고 가는 갈바람 같은 몸짓이므로
그보다는 나는 모른다.
어떻게 왔는지 어디로 갈는지 다만 나에게는
바로 여기 이 순간만이
거칠거칠한 이 순간만이
기쁨이고 행로다.

노기를 일으키는 자 있고 가슴 두근거리게 하는 자
살아 숨 쉬는 여기 그 틈서리에서
꼼지락대는 땅벌레
그가 바로 나이므로

뿔무소 타고 종일 놀다

뿔무소를 타고 종일 놀았다.
그런데 가만히 보아하니
내가 타고 다닌 뿔무소가 뿔무소 아니라
히말라야 나귀였다.
히말라야 야크였다.
야크이거나 나귀이거나
히말라야 안나푸르나 뿔무소이거나
여하튼 나는 종일 놀았고
먹은 것 없이 배가 불렀다.
배가 아프기도 했다.
너와 나 사이 수수전병 같은 달이 뜨고
산 안에서 그냥 뿔무소를 타고서
내키는 대로 돌아다녔다.
하는 대로 내버려 두었다.
나는 너에게 너는 나에게
그냥 하자는 대로 갈 데까지 가서
뿔무소가 히말라야이거나
아무것도 아닌 색공이거나
철벽같은 산을 옆구리에 끼고
오슬오슬 저물도록 놀았다.

알몸 안나푸르나

물두레박으로 고해를 퍼내 올려
비알에 고루 뿌리고 난 날 밤이었네.

한 물음이 들끓다 제멋에 겨워
촛불처럼 꺼져버리고
나 그 텅 비어 구멍 뚫린 마음자리에는
천지가 빼들껑거리며 알몸으로 깨어나
탱탱히 꼴려 있었네.

뱃가죽을 뚫고 나오자마자
단박에 내 불알을 움켜잡은 그녀의 손,

산이 뿌리를 바로 내리꽂았네.

젊은 석가의 풀피리 소리

나의 네팔 젊은 친구 찬드라 구릉
그의 가난은 너무 깊었네. 깊고 깊어
한 오라기 풀피리 소리로 들려왔네.
연 닷새 내 곁에 붙어서서
문제없다 문제없다 라고 속삭여
고마운 마음 표시로 사탕 몇 알을 건네자
그는 그걸 모두 그대로 호주머니에 넣었네.
아이들과 이웃에게 줄 거라며,
그의 눈빛은 맑아 우주 악기 소리를 내었지만
그리하여 한량없이 그 속으로 빠져들었지만
그의 가난이 끝날 것 같지 않아
산을 두고 그가 돌아가고 난 다음
떠난 그의 굽은 등 너머로는
풀피리 소리만 보풀리며 흔들렸네.
내 유년이 소리를 내며 들렸네.

저무는 안나푸르나

하루 종일 너무 강렬한 빛을 뿜어 내
안나푸르나도 좀 쉬려나 보다.
처음에는 홑이불 자락인가 싶었으나
곧장 두터운 구름 솜이불로 바뀌었다.
산도 정말 쉰다는 말인가 눈보라인가
시속 2백㎞가 넘는다는 제트 기류인가
그저 뽀얗고 뽀얀 게 가득 차 있다.
현묘하다, 현지우현인가
산벼랑 깊은 협곡에는 이쁜 발 하나가
몇 차례 올려졌다 내려졌다 한다.

포카라 파탈레 찬고

단 한 방울의 물방울도 남기지 않고
몽땅 땅 구멍이 마셔버리는 폭포
페와호수 파탈레 찬고,
사시사철 안나푸르나가 품속으로 파고들어
보채고 개개는 게 너무 귀찮아
물이 그만 땅속으로 곤두박질치고 마는 건가
그런데 물 낯에 어렸다가 사라진
안나푸르나가 다시 떠올라와 있다.
안나푸르나가 있어
먼저 물이 나가면 나중 물이 들어오고
그 물에 안나푸르나가 다시 들어가 첨벙거린다.
호수가 들어간 자리
설산 안나푸르나가 따라 들어간 자리
그 자리에 입을 하마처럼 벌리고 누운 파탈레 찬고
그 땅 검은 아가리가
밤낮없이 호수를 집어삼킨다.
하지만 호수는 밤낮없이 마냥 그대로이고
사라진 안나푸르나도 마냥 또 그대로다.
물소리만 죽었다 살았다 한다.

18인승 프로펠라 경비행기를 따라다니는

그래 이거였구나
몽실몽실 꽃구름
꽃구름밭을 밟고 서성거리는 저 산봉 산능선들
내 가슴 두근거리게 한 게
바로바로 이거야

무시무시한 흰빛을 쏟아내며
천지를 뚫고 올라와 한가로이 노니는 초생달 한 자루

내가 가로 타고 앉아도 좋을
갈기 하얀 백마 한 필
뿔무소 한 필

히말라야 산파도 들쑥날쑥 2천5백㎞
그 실체가 바로
이런 거였구나

히말라야 고산족 산밭이랑

히말라야 고산족들이 사는 어떤 마을은
산덩어리가 모두 밭뙈기이다.
위에서 보면 아래가 안 보이고
아래서 보면 위가 안 보이는
그 끝없는 높이에 짜가리 접시인 듯
밭뙈기 하나씩을 올려 괴어놓았다.

밭 아파트라 해도 좋으리
밭귀에는 집도 조그만 게 들어앉아
몽글몽글 연기를 말아 올린다.

집과 집 사이에는 새끼오라기 같은
길이 나 있고 천사나 드나들 법한 그리로

눈동자가 천사보다 더 맑은
그러나 천사가 결코 아닌
고산족 아이들이 들락거린다.
나뭇단을 동여맨 끈 이마에 걸어 매고
발버둥 치며 오직 살려고 살려고

안나푸르나 베이스캠프에서 만난 네팔리

구릉족 젊은이 네팔리 그
그는 꿈꾸던 코리아에 와
부산에서 4년 동안 외국 노동자로 일을 했다네.
월급도 받았다네.
월급은 값진 것이어서 그것으로 안나푸르나 남봉
베이스캠프 산장을 사
'Aannapurna Sanctuary Lodge N restaurant'이라는
썩 긴 상호를 매달아 놓고 산객들을 받는다네.
산을 좋아하던 그가 코리아의 돈으로
평생 갖고 싶던 산장을 갖게 되었다네.
이게 고마워 대문 앞에 날마다
음양이 묘하게 어울린 태극기를 걸어 놓고
그는 그의 모국 네팔 히말라야에서
타국 땅 대한민국을 생각한다네.
가난을 벗어나게 해준 이국 사람이 고맙고 고마워
한국에서 가져간
월간지도 자랑스럽게 산객에게 내어놓는다네.
고생스러웠지만 삶을 바꾸어 놓은
코리아가 고맙다며

사시사철 안나푸르나산에
태극기를 걸어 놓는다네.

촘롱 천둥 번개

촘롱 오름길은 정말 힘든 길
실로 만 개가 넘을 듯한 돌계단이었다.
그리로 한 발 한 발 올라간다.
길을 잘못 들었다 힘이 빠져 겨우겨우,
천둥 번개가 때마침
함부로 즈이 영역을 훔쳐본다 괘씸해 했던가
나 대신 안나푸르나를 들이친다.
허락 없이 제 알몸 다 보여줬다고 마구 친다.
불벼락이 세상을 밝히는 또 다른 세상
희운출리 마체푸츠레 간다르바출리가 불칼날에 떤다.
훔쳐본 건 잘못이기는 잘못이지
폭우까지 길을 막아선다.
한 걸음 한 걸음 숨은 차고 허리는 휘고
하지만 올라야 한다.
이 개똥 번갯불막대기 같은 목숨
다리가 말을 듣지 않는다.
벼락은 으르렁거리고 번개는 희번덕거리고
봉우리와 능선들은 말뼈다귀
엄청난 암흑바다와 번갯불길이 번갈아

나를 이끌었다 팽개쳤다 한다.
하늘이 뿌리가 빠져 거꾸로 처박히는가
산이 무너진다. 무너지고
만년 빙벽에서 불꽃이 튄다.
무섭고 슬프고 외롭고도 황홀했던 그 밤
그 밤의 사투여
안나푸르나는 천둥 번개를
잉태해 기르는 우주의 자궁이었나

히말라야 감자

안나푸르나에 오른 후 고산증에 걸려
꼬박 이틀을 굶주리고 난 다음
간두룽 '그린 밸리'라는 마을에 이르러
너무 배가 고파 감자를 사 먹었다.
찐 피감자, 크기가
내 엄지손가락만 한 게
누에고치처럼 생겼었다.
묘하다, 히말라야 감자
껍질을 벗겨 맛을 보니 뒷동산 알밤 맛 같다.
나는 몇 쟁반인지를 먹고 또 벗겼다.
오로지 감자 맛 그대로인 그 감자 맛
내 어린 날 보명재 모래밭에서
엄마가 캐던 조그맣고 노르끼리한
강릉 감자
그 감자 맛

도무지 나는 이 나를

도무지 나는 이 나를 잘 모르겠다.
연 아흐레 히말라야 주변을 서성대었으면서도
포칼라에서 또 보고 싶어
새벽에 일어나 산과 산 위에 가까스로
고개를 빼내어 올려놓은 그를
보고 또 보았으니 말이다.

그 무엇이 내 사타구니를 거머쥐고
이렇듯 놓아주지 않고 있었던가
죽어 다시 못 볼 거래서 그랬던가

어랍쇼 저것 좀 봐! 좀 봐!

거침없이 아랫도리를 걷어 올린 그녀
첨벙첨벙 페와호수 안으로 걸어 들어간다.
물탕을 튕기며
사원 문고리를 살짝살짝 비틀다 말다 하며

마체푸츠레* 하늘춤

능선 세 개가 하늘로 날아오르다가
문득 멈추어 선 저기 저것,
봉우리가 마치 산적이 도끼날을 곧추세운 듯
긴장해 있네.
네팔 히말라야 마체푸츠레
네팔 사람들은 산이 마치 물고기 꼬리지느러미 같다 해
물고기 꼬리지느러미라지만 물고기 꼬리지느러미 아니라
바짝 들어 올린 무쇠 도끼네.
그런데 산봉에 노을 들자
깎아지른 설산이 황금 도끼로 변해 둥글어졌네.
둥글고 둥그네. 산이 둥글어져 버렸네.
강릉 단옷날 단오굿당에서
작두를 반듯이 뉘어 새파란 날을 밟고
하롱하롱 물동이춤을 추는 무녀 빈순애처럼
둥글고도 아슬아슬하네.
'그녀는 평생 그 춤으로 밥 먹고 산다네.'
아슬아슬 나도 저 도끼날을 밟고
노을 동녀들과 어울려나 볼까

우주 산배꼽을 잡아 쥐고
내 배꼽에 맞추어
흔들리며 흔들며 배꼽춤이나 추어 볼까
짝할 이 없다면 하늘과나 짝해서

* 마체푸츠레(Machhapuchhre, 6,993m):산봉우리가 둘로 쪼개져 물고기 꼬리처럼 생겼다 하여 붙여진 이름이다. '마체'는 물고기, '푸츠레'는 꼬리. 보는 각도에 따라 천변만화의 얼굴을 드러내는 신묘한 산이다. 네팔 사람들은 이 산을 신성시해 아무도 오르지 못하게 하고 다만 경배하며 우러를 뿐이라 한다. 히말라야 안나푸르나Ⅲ봉 능선 남녘 끝자락에 우뚝하다. 길목에 '신이 머무는 성역'이라는 표지가 있다. 세상에는 이와 비슷한 산이 또 하나 있다. '목초지의 뿔'이라 불리는 마터호른(Matterhorn, 4,478m)으로 스위스와 이탈리아의 알프스 산록에 있다.

네팔의 나라꽃 랄리그라스

진달래꽃처럼 붉었다.
생전 처음 본 꽃

메디콜라 강변 까마득히 키 큰 나무에
동해 아침노을처럼 얹혀 있었다.
깎아지른 바위 절벽에 떡다리버섯인 듯 매어달린
석청을 따 내려먹으면 취해
한동안은 까무러치고야 만다는
독주보다 더 강한 히말라야 꿀도
바로 이 꽃의 꿀을
벌들이 빨아 모은 거란다.

마오 복병들이 불쑥 튀어나와
총부리를 들이댈 것 같았으나
꽃은 폈다 지고

번갯불 세상

번쩍하는 순간에 태어나
번쩍하는 순간만을 살다가
번쩍하는 순간 생을 접는다.

번갯불 세상
그 세상은 그의 나라고 국토다.
그 세상은 누구도 들어갈 수 없으나
어느 누구에게나 있다.

번쩍하는 순간에 싹 트고
번쩍하는 순간에 깨어나
번쩍하는 순간만을 살다가
번쩍하는 순간에 간다.

그런 세상에도 나고 죽음이 있다.
그런 세상을 살다가는 자
그가 나인가

에드먼드 힐러리*의 신발 두 짝

포카라 국제산악박물관에 가면
에드먼드 힐러리의 신발 두 짝을 볼 수 있다.
그는 세계 최고봉 설산 히말라야
사가르마트를 처음 올랐다고 하는 사람
처음 올라 억년 잠에 곤히 취해있던
히말라야를 깨웠다는 사람
그의 발자국이 히말라야에 찍혀
히말라야 빙벽에 처음 길이 생겼다.
세상의 젊은이들은 그 길을 따라
히말라야에 발가락을 받쳐 올리기도
손가락을 받쳐 올리기도 두 발, 두 손
두 눈을 바치기도 한다.
삶과 죽음을 동시에 보다가 목숨까지를 바쳐
아예 얼음급고독원을 빠져 나오지 못하게도 한다.
그러나 젊음은 다시 그 길을 향해 선다.
'우리가 정복하는 것은 그 산이 아니라
바로 우리 자신이다.'
우리 자신, 우리 자신을 정복할 수 있단 말인가
영혼을 마음을 고귀한 이 몸뚱어리를,

에드먼드 힐러리의 두 짝 신발이
그 헐어 너덜거리는 두 짝이
시간을 넘어 공간을 넘어
설산 상봉으로 나를 이끌며
자꾸 엉뚱한 물음이 터지게 한다.

* 에드먼드 퍼시벌 힐러리 경(Sir Edmund Percival Hillary, 1919년~2008년): 뉴질랜드의 산악인. 탐험가. 1953년 5월 29일 네팔의 텐징 노르가이와 함께 처음 에베레스트를 등정했다. ' ' 안은 그의 말.

촘롱 네팔 여인

촘롱 오름길에서 만난 네팔 여인
웃음결이 배실배실 볼에 고이던 그녀
히말라야를 보고 내려올 때 다시 만났다.
조그만 물단지에 흰 천을 받쳐
새 물을 만들어 산객들에게 파는 여인
물을 파는 여인,
마당에는 소년인 듯 청년인 듯한
젊은이가 쪼갠 대로 바구니를 엮고
여인은 거친 내 목을 껴안았다.
촘롱은 히말라야를 마주한 고산
나는 배낭을 벗고 문득 안을 엿보았다.
밤마다 히말라야를 품에 안아서일까
방안에는 히말라야 구름향이 돌았다.
나는 펄떡거리는 가슴을 쓸었다.
다시 올 수 없는 길인 줄 알았지만
문 밀어 닫고 되돌아섰다.
히말라야 하늘이 따라오다 툭 쳤다.

하산 거부

포터가 먼저 내려가고 하산하기 싫어
나는 눈 속에 발을 넣었다 뺐다 뺐다 넣었다
하릴없이 자꾸만 그 짓을 되풀이했다.
하늘은 청모시 치맛자락처럼 더더욱 새파래져서
찍하고 찢어질 듯 새파래져서
산여편네가 더더욱 하얗게만 만져졌다.
나는 꼴깍 침을 삼키며 하산할 마음까지를 잃고
이번에는 몸뚱어리를 넣었다 뺐다
뺐다 넣었다를 그만치 또 되풀이했다.
그러나 바로 그때 난데없이
먹구름 한 덩이가 허공을 휘저으며 나타나서는
급히 안나푸르나 상봉 쪽으로 방향을 꺾다가
냅다 내 이마를 치고 달아났다.
세월이 꼬깃꼬깃 틀리어 박힌 내 앞이맛살
더 이상 희롱하지 말라! 이 산을.

눈길 끊어진 자리에서 길을 잃어

히말라야 하산 산길
모디콜라강 협곡에서 길을 잃었다.
눈길 끊어진 자리
약간 질퍽한 곳으로 막 들어서려는 순간
돌연 발자국이 사라졌다.
길도 사라졌다.
절벽이 아니었지만 더욱 절벽 같은 캄캄한 앞을
여기저기 헤집고 다니며
길을 찾아 헤매기를 서너 시간
무인지경의 협곡은 참으로 막막했었다.
만년설 녹은 물은 조금도 알은체하지 않고
각진 돌 모서리에 제멋대로 부딪혀 파열음을 내면서
뜀박질하듯 달아났다.
하늘은 손바닥만 해지고 나는
무한 적막을 그저 자꾸 헛손질할 뿐
꼼짝할 수가 없었다.
산속은 왜 그리 빨리 저물든지
어둠이 마치 밧줄 같이 조여들었다.
무인지경의 그 한가운데서

내가 할 수 있는 일은
큰 바위 짜가리 안에 들어가
번데기처럼 몸을 오그리고 그저
숨을 가다듬어 보는 것이었다.
번데기처럼 고요로이

금강경 속의 나와 히말라야 속의 나와

히말라야 속에 나는 있지 않다.
금강경 속의 나라는 놈도 있지 않다.
히말라야 속에서나 금강경 속에서나
나는 있지만 자세히 보면 없다.
그러나 히말라야를 보고 있는 자가 있고
금강경을 보며 음송하는 자도 있다.
이럴 경우 히말라야 속의 나나
금강경 속의 내가 없지는 않겠다 싶은 것이다.
이 미묘한 경계에서 한참을 노닐다 보면
있을 것도 없고 없을 것도 없어진다.
나는 이런 사유에서 벗어나려고
히말라야를 찾아갔다. 이 지상에서
고작 높은 천상의 거처이기에
그래도 뭔가 좀 색다른 답을 주려나 하고
새벽잠에 곤히 빠진 그를 깨웠다.
그러나 그는 내 숨통을 조였다.
음식을 먹지 못하게 뱃구리를 조였다.
나는 숨을 쉴 수도 먹을 수도 없어
몸이 풀어헤쳐 지고 마음은 너덜거렸다.

그런데 내 숨통을 조이는 자
뱃구리를 조이는 자 그들이 내 안
어딘가에 있겠다는 생각이 문득 들었다.
그렇다면 히말라야 속의 '나'나
금강경 속의 '나'라는 놈이
분명히 있기는 있는 모양이다 싶었다.
눈도 귀도 코도 혓바닥도 이 몸도
없지는 않겠다 싶은 것이었다.
만년설도, 거기 떠도는 가루라나
마후라가나 건달바나 없지는 않겠다
수미산 월천자나 일천자도 구반다도
이 실다운 '나'도 없지는 않겠다는
사유의 이 헤아릴 길 없이 슬픈 곡예

우주의 뿔

제법 멀리서 처음 만났을 순간
너는 포악한 한량 같았다.
내가 사흘을 더 걸어
네 가슴에 안기는 순간 너는
대리석 석상보다 더 차가운 만년 얼음벽이었다.
그러나 포카라에서 다시 너를 바라보았을 때
높은 산능선 위에 놓인 너는
녹음 대지의 흰뿔이었다.
우주가 깎아 세운 고요의 정수박이었다.
하지만 하산 후 어느 날 내 꿈속 허공에 들어와 좌정한 너는
들끓는 고통을 꿇어앉히고
온갖 번민을 꿰뚫어
해 처음 치솟는 동녘 공간처럼 훤히 트인
울퉁불퉁한 정신의 뼈다귀였다.
우주의 뿔이었다.
함부로 넘어설 수 없는 대자유인의 경계,
공을 들였다기보다는
그냥 아무렇게 내던져버렸으나

돌연 우뚝 천상으로 솟구쳐 올라
오히려 당혹스러운 금강좌
누구에게도 순종한 적 없으나
누구나 다가올 수 있게
길을 튼 다만 혼자인 흰뿔무소였다.
그로 하여 내 유락은 끝났다.

옴마니밤메훔 노인

안나푸르나 하산길 나야폴에서였다.
한 노인이 바위 방석에 앉아
터벅거리는 나를 유심히 보기에 가까이 갔다.
고우십니다, 하고 내가 말을 건네자
노인이 빙그레 미소 지었다.
내가 무슨 말을 한 건지 몰라 미소 지은 건지
알고 미소 지은 건지
말 밖의 말보다 더 깊은
저 험악한 구렁텅이를 살짝 엿보기라도 하고
미소 지은 건지
아무튼 나는 노인의 웃음결에서 잠깐
무슨 꽃향기 같은 걸 느꼈다.
얼떨결에 노래 한 곡을 청했더니
옴마니밤메훔 옴마니파드메훔 옴마니….
갑자기 노을 한 잎사귀가 모디콜라 강바닥에
내려앉아 사뿐거렸다.
노인은 달라이라마와 인도로 탈출했던
티벳탄이었다.

■ 시인의 산문

히말라야 안나푸르나 포행

어쩌다 보니 히말라야를 다녀오게 되었다. 네팔 히말라야 안나푸르나. 그것은 꿈임과 동시에 생생한 현실이었다. 나는 안나푸르나를 만났고 안나푸르나는 단 며칠 동안이었지만 나를 허락해 주었다. 나는 가벼웠고 단출했다.

하지만 몇 가지 상념은 떨쳐버릴 수 없었다. 그중의 하나가 죽음에 대한 생각이었다. 죽음을 어떻게 맞을까, 하는 것. 히말라야를 만난다고 해서 그 문제가 선뜻 풀릴리야 없겠지만 어떤 영적 울림이 오리라는 예감 또한 없지 않아 있었다. 하기야 갑년을 넘어서다 보면 그쪽 세계가 가끔씩 고개를 쳐들고 그쪽이 많이 궁금하기도 하다. 어떻게 해야 그 순간이 향그로울까?

설산 히말라야는 동으로 방글라데시 서쪽으로 북아프가니스탄까지 약 2천5백㎞에 달하는 방대한 산계다. 하늘에서 보면 마치 거대한 초생달 한 자루가 동에서 서으로 비스듬히 누워 백광을 쏟아내며 타오르는 듯하다. 인도 티벳 부탄 네팔 등은 히말라야에 젖줄을 대고 있는 나라들이다. 상상이 가지 않는 높이에 만년 흰 눈이 덮어 신비로움을 더하고 함부로 몸을 허락하지 않아 이에 매력을 느낀 용맹스러운 젊은이들이 목숨을 내어놓고 덮어놓고 달려들기도 한다. 히말라야가 노기를 띠어 생명을 거둔다 해도 짐을 꾸려 꾸역꾸역 히말라야로 모여든다. 아닌 게 아니라 네팔 당국의 발표에 의하면 지구별에서 가장 높은 봉우리인 사가르마타(Sagarmatha: 에베레스트의 네팔 이름, 티벳에서는 '초모랑마')에 안겨 영면한 젊은이가 165명에 이르고 안나푸르나에서만도 56명이나 되는 꽃다운 젊음들이 만년 설빙이 돼 사라졌다 한다. 히말라야 품속으로.

이런 히말라야를 찾아 나도 지난 3월 초(2005년 3월 2일~3월 17일) 길을 떠났었다. 젊은 산도반 박영규 김창덕 이요균 김광식 방순미 시인과 더불어였다. 우리는 카트만두를 거쳐 페와호수를 낀 포카라에서 짐을 풀었다. 내가 굳이 포카라 쪽을 택하자 한 것은 풍요의 여신 안나푸르나(Annapurna: '풍요롭게 쌓아놓은 곡식의 낟가리'라는 뜻도 있다.)를 만나보고 싶었기 때문이었다.

네팔은 국토의 거의 전부가 히말라야 산군으로 카첸중가(8586), 마칼루(8463), 로체(8516), 사가르마타(8848), 초오유(8201), 마나슬루(8163), 안나푸르나(8091), 다울라기리(8167) 등 8천 미터 이상 고봉이 8개나 되고 그 중심 포카라 북서쪽 37㎞ 안팎의 거리에 안나푸르나가 좌정하고 있다. 마나슬루와 다울라기리는 각각 왼쪽과 오른쪽에서 안나푸르나를 옹위하는 형국이나 각각 독립해

수많은 크고 작은 산봉우리를 거느린다. 그러므로 안나푸르나를 만나기 위해서는 우선 포카라로 발길을 들여야 한다. 날 좋은 날 포카라 북동쪽을 바라보면 흰옷의 안나푸르나가 천상에서 유영을 하고 서북쪽에는 다울라기리가 고개를 내민다. 이들 산머리가 페와호수에 잠겨 있을 때는 호수 안이 얼음궁궐이다. 아열대성 코코넛나무 그늘에서 만년 설산을 대한다는 것, 생각해보면 그야말로 유쾌한 아름다움이었다.

그런데 안나푸르나의 심장 부위로 곧장 내달리는 데는 포카라를 기점으로 해 출발하는 안나푸르나 베이스캠프 길이 적격이다. 물론 쏘롱 라(Thorung La)를 경유하여 산군을 한 바퀴 돌 수도 있으나, 나는 산의 심장을 향해 곧장 가고 싶었다. 그쪽으로 그가 손짓해 부르는 것도 같았다.

페티, 담푸스, 톨카, 란두룽, 촘롱, 뱀부, 히말라야 로지, 마차푸츠레 베이스캠프를 거쳐 남 안나푸르나 베이스캠프까지, 산의 심장을 향해 곧장 가는 길은 바로 이 길이었다. 해발 1천1백3십에서 2천1백, 2천1백7십, 3천1백, 3천7백m를 오르내리며 구불텅거리는 이 루트는 말하자면 끝없는 고행길임과 동시에 죽었던 감성이 푸들거리며 깨어나는 명상길이기도 했다. 구릉에서 갑자기 천길 벼랑 아래로 떨어지는가 하면 반나절을 걸어도 도무지 끝날 것 같지 않은 가파른 비탈길을 목을 빼내 흔들며 거북이처럼 기어올라야 한다. 이런 산나그네를 안나푸르나는 첩첩 산머리 위에서 이 또한 고개를 빼내 불쑥 솟구쳐 올라 그 무슨 영적 힘 같은 걸 실어준다. 협곡을 따라 흐르는 모디콜라 강물은 요동치다 못해 괴성을 내어지르고 발버둥 치며 잠들었던 혼결을 흔들어 깨운다. 이 강은 안나푸르나 빙하가 녹은 첫물인데 강가강의 상류로 힌두인들이 신성시해 죽어 잿가루로라도 가고 싶어하는 바로 그 물줄기다. 산의 화기와 물의 수기는 말하자면 그렇게 만나 그렇게 시작하는 것이었다. 그래서인가. 4천1백3십m 안나푸르나 베이스캠프에서 잠시 뒤를 돌아보면 그 협곡 길은 그저 실낱같이 가물하다.

그 가물한 길을 나는 나흘을 걸어 올랐다가 다시 이틀을 걸어 내려왔다. 내림길은 뉴브리지 갈림길에서 간두룽을 거쳐 킴체, 비레탄티, 나야폴에 와 끝을 맺었지만. 그 6일 동안, 아니 포카라에서의 3일을 더해 도합 9일간 안나푸르나를 중심으로 벌어졌던 갖가지 신이한 일들은 그 자체가 천지가 일필휘지한 시였다. 경전이고 음악이었다. 그것들을 안나푸르나는 내게 선물을 하려는 듯 하나씩 읊조려 들려주고 보여주었다. 맛난 것을 감추어두었다가 나누어주려는 듯. 하지만 어떨 때 안나푸르나는 알몸을 다 드러내 그만 부아가 치밀었던지 포악하게 나를 거머쥐고 뒤흔들어댔다.

안나푸르나 그 9일 동안 나는 여름 봄 가을 겨울을 한꺼번에 체험했다. 찌는 듯한 불더위와 살랑치는 봄바람, 부슬거리는 비와 난데없이 쏟아지던 밤톨만 한 우박, 엄습하는 한기와 폭설, 3분이나 천둥소리를 내며 쏟아지던 눈사태 소리, 만년설을 녹여버리기라도 하겠다는 듯 불붙는 저녁노을과 아침 햇살의 조화. 근 16분이나 산머리를 황금빛 사원으로 뒤바뀌게 했다 스러지던 그 오묘한 색조(…).

어쩌면 그건 신기루였을지 모를 일이었다. 그렇다 하더라도 실로 그것은 우주가 부리는 위대한 손놀림이었고 실상이었다.

나는 순례자의 기쁨에 취했다. 시적 영감이 가득 차올라 오랜만에 진짜 시인인 것처럼 여겨졌다. 순간순간 문채가 반짝이며 법유法乳를 마신 듯 짜릿거렸다. 나는 평소 시와 마주해 있지 않으면 시인이 아니라는 생각을 해왔는데, 뭔가 새 같은 시의 새가 파닥거리며 내 마음 바다를 휘젓고 다녔다.

내가 페디에서 안나푸르나를 향해 첫발을 내디뎠을 때 거기 고산에 이사 와서 산다는 한 티벳인이 하던 말이 생각난다. 이 길은 정말 좋은 길이다. 그저 가라.

사실 산을 보러 떠나자면 사전에 산에 대한 면밀한 검토가 이루어져야 하고 일정에 따라 움직여 나가야 한다. 그러나 이번의 내 히말라야 산행길은 전혀 준비를 하지 않았다. 조바심이 들었지만 그저 떠나자는 것이었고 아무 선입견 없이 단도직입적으로 산 가운데 산인 이 웅혼한 명산 히말라야와 딱 한 번 맞닥뜨려 보자는 것이었다. 새로운 정경과 부딪치면서 내 마음에서 일어나는 변화를 내가 가만히 지켜보는 것도 흥미롭지 않나 해서였다. 그건 오만하고 무례하다. 그러나 때로는 소략한 오만과 무례가 바깥세상과 내 관계를 더 깊이 느낄 수 있고 오히려 그것은 진득거리며 떨쳐내지 못하고 계속 꽁무니에 매달려있는 지저분한 삶의 찌꺼기를 단칼에 삼제하는 계기와 충격을 줄 수도 있을 것이었다. 나는 내 일생의 최대 고비를 그런 방식으로 한 번 엄혹히 베고 싶었다. 그리고 다른 또 하나는 어떤 무모함으로 해 그것이 나를 흔들어 깨워 어떤 시적 영감을 줄 수도 있겠지 하는 생각도 얼핏 들기는 했다. 그러나 그건 어디까지나 내 쪽의 소망이고 산 쪽에서 선뜻 문을 열어주지 않으면 공만 들인 꼴일 뿐 그저 잔뜩 찌푸린 구름 속을 허우적거리다가 마는 것이 안나푸르나 현지 사정이다. 때를 잘못 택했거나 안나푸르나가 괜스레 심술을 부리기라도 할라치면 한 달을 기다려도 봉우리 하나 제대로 음미해 볼 수 없는 것이 그쪽이다. 결국 하늘의 일은 하늘의 일일 뿐인 것이었다.

하지만 나는 운 좋게도 갖가지 체험을 하느라 정신이 없을 지경이었다. 나는 그 모습들을 측은한 경외심으로 맞아들였다. 베이스캠프에서 밤새 쏟아지던 폭설과 그 다음 날 구름 한낱 없이 깨끗한 하늘을 머리에 이고 여기저기서 불쑥불쑥 일어서던 그 흰빛 덩치들을 보고 내가 그저 고마워 엎드려 절할 수밖에 없었던 것은 그 때문이었다. 그때 그 만년 눈덩어리에서 내뿜는 어떤 우주적인 생동 기운은 내 몸속까지 거침없이 들어와 내 정신을 잡아 쥐고 흔들었다. 산의 혼령과 내 영혼이 마주쳤다고나 할까? 나는 그때 나도 그 안나푸르나의 어느 한 봉우리가 돼 있는 듯 내 영혼도 그들과 함께 뛰노는 소리를 들은 것 같아 섬뜩했다. 촘롱으로 돌아오는 도중 폭우와 산을 집어삼킬 듯하던 천둥 번개는 산에 미친 자가 가끔씩 은근히 바라기도 하는 또 다른 별미였다. 나는 안나푸르나 품속에 안겨 그저 행복에 겨웠다.

설산 히말라야, 언제부터 이 산이 내 안에 들어와 자리를 잡고 앉았는지는 확실하지 않다. 내 나이 일곱 살 되던 해가 아니었나 싶기도 하다. 그해 나는 귀젖을 몹시 심하게 앓았었다. 아기 울음 이명이 들리고 귀젖 고름 덩어리가 귓불을 타고 흘러내려 여간 고통스러운 게 아니었다. 이런 나를 어머니는 학산 무당네로 데리고 가셨다. 노랑 저고리에 분홍치마를 곱게 차려 입은 무녀 새댁은 신대라며 나뭇가지를 잡게 했다. 내가 무서워 벌벌 떠는 순간 "설산 부처님이시다"하는 소리가 들렸고 그 소리는 내 귓가를 뱅뱅 돌며 떠나지 않았다. 이상스러운 일은 무녀에게 다녀온 후 귀젖이 말끔히 나았다는 사실이다. 나는 그 지긋지긋하던 아기 울음 소리에서 벗어났고 고름 덩어리에서도 벗어났었다. 그 후로 잘 알지는 못하지만 설산 혹은 부처님은 분화되거나 한데 모아져 그때의 그 무녀댁 정경과 어머니와 함께 내게 곧잘 떠올려지기도 하는 것이었다.

그런데 나는 바로 그 설산 히말라야와 마주했다. 그래서였을까? 안나푸르나를 떠나올 때 발길이 잘 떨어지지 않아 자꾸 엉뚱한 짓을 하다가 문득 돌아서 보았더니 뜻밖에 어머니가 앉아 계셨다.

안나푸르나 히말 그것은 어떤 맑은 정신의 덩어리였다. 강렬한 흰빛 생명 덩이. 그 드맑은 흰빛 덩이가 굽이치며 달려가 지덕이 옹아리치는 산상 무정처에 붓다의 동산 룸비니가 자리를 틀고 앉아 있다. 그리고 그 흰빛 덩이의 만리행룡일석지지萬里行龍一席之地에 우리의 성산 백두가 망울졌고 백의정신이 움텄던 것이다. 히말라야는 그렇게 내게 왔다.

나는 백두대간 종주길에서 산이 경經임을 깨우쳤고, 킬리만자로 키보를 지나 해발 5천m를 오르내리면서 헐떡거리는 숨소리에 내 온몸을 쏠려야 하는 급박한 순간 숨이 다름 아닌 생명임을 알아챘다. 그리고 안나푸르나를 직접 맞닥뜨려서는 만년 백의의 그 냉엄한 고결성에

환희심을 일으키고야 말았다.

돌아보니 지난 수년간 나는 내 몸을 너무 써 버렸다. 몸을 담보로 해서 하지 않아도 그만일 지나친 모험을 했다. 나를 떠받치고 있는 천상의 선물을 조금씩 써야 하는데도 한꺼번에 너무 탕진했다 할까? 이제 나는 움직일 힘이 얼마 남지 않았다. 그걸 느낀다. 그쯤 돼버렸다. 죽음은 삶이다.

떠나지 않아도 떠나 있고 떠나도 떠나 있지 않다. 가만히 있으면서 가만히 있지 않고 가만히 있지 않으면서 가만히 있다. 그게 현재의 나다.

■ 해설

몸과 마음의 고향을 찾다

이 홍 섭(시인)

지난 2014년 어느 날, 최명길 시인께서 한 통의 전화를 주셨다. 시집을 정리 중인데 예전에 내가 발표했던 평론을 실어도 되겠느냐는 내용이었다. 나는 진심으로 영광이라고 말씀드렸다. 그 전화가 있은 지 얼마 뒤 시인의 부음을 전해 들었다. 물론 시인과의 약속은 둘 만이 아는 사실이라 시집에 해설을 싣는 인연은 결국 이루어지지 못하게 되었구나 생각했었다.

그러나 참으로 세상사 인연은 불가해한 구석이 있는 모양이다. 얼마 전 '황금알 시인선'을 펴내는 김영탁 시인으로부터 한 통의 전화가 왔다. 최명길 시인의 유고시집 해설을 청탁하는 내용이었다. 나는 나에게 다시 온 이 청탁의 오묘한 인연에 관하여 얘기한 뒤, 유고시집에 관한 해설과 이전에 최명길 시인이 싣고 싶어 했던 평론을 함께 수록할 수 있겠느냐고 여쭈었다. 김영탁 시인은 흔쾌하게 승낙했다.

시인이 생전에 싣고 싶어 했던 평론은 지난 2011년 월간 『우리시』(11월호)가 마련한 '최명길 시인 집중조명' 코너에 실렸던 원고 「물까마귀의 노래」였다. 나는 이 글에서 그동안 시인이 쓴 모든 시를 분석의 대상으로 삼았고, 이를 통해 '물까마귀'라는 상징을 도출해냈다. 시인이 그려낸 물까마귀의 면모와 생태가 시인의 치열한 구도행각과 닮아있다고 생각했기 때문이다. 아마도 시인은 자신의 일생을 '물까마귀'에 비유한 고찰이 설득력이 있다고 평가하신 듯하다.

시인은 생전에 『화접사』를 비롯한 7권의 시집과 전자영상시선집 『투구 모과』를 펴냈다. 시인의 진경眞境은 시인의 사후에 펼쳐졌다. 돌아가신 해인 2014년에 백두대간을 노래한 시 145편과, 주석에 해당하는 '산경' 88편을 함께 엮은 시집 『산시 백두대간』이 출간되었고, 2년 뒤인 2016년에는 또 다른 유고시집 『잎사귀 오도송』이 세상 밖으로 나왔다.

그리고 여기 세 번째 유고시집 『히말라야 뿔무소』가 뿔을 곧추세우고 웅혼하게 서 있다. 시인은 끝까지 시인이었고, 또한 끝까지 구도자였다. 시와 구도를 일치시키고자 정진한 그의 일생과 작품세계는 그의 사후에 더욱 빛을 발하고 있다. 우리 문학사에서 최명길 시인처럼 시와 구도의 합일을 꿈꾼 시인이 있었던가. 뿔무소처럼 홀로, 끝까지 돌진했던 그의 구도행각은 이 시집에 이르러 절정에 달했다.

사실 이번 시집은 너무나 힘이 세서 일반적인 분석의 잣대를 들이대면 곧장 부러뜨릴 기세이다. 시인은 작정하고 언어도단言語道斷 불립문자不立文字의 세계를 참구하는 선禪의 세계에 몸을 던졌다. 다른 그 어떤 시집보다 언어가 뜨겁고 치열한 것은 이 때문이다. 하여, 최명길 시인이 생전에 시집의 해설로 삼고 싶어 했던 졸고『물까마귀의 노래』를 먼저 싣고자 한다. 이 글은 시인이 이번 시집에 닿기까지 어떤 여정을 거쳐 왔는지를 고찰하고 있다. 이번 시집에 대한 해설은 이 원고의 뒷부분에 덧붙일 예정이다. 원고는 처음 발표했을 때의 원문을 살리는 것을 원칙으로 하고, 분량을 감안하여 인용된 시의 일부분과 부언된 부분을 축약해서 싣고자 한다.

물까마귀의 노래 – 최명길 시의 여정

'물까마귀'라는 새가 있다. 몸길이가 20여 센티쯤 되는 이 새는 은회색 다리를 빼고는 몸 전체가 흑갈색이다. 한국의 텃새임에도 불구하고 이 새를 잘 만날 수 없는 것은 이 새의 생태가 은자隱者의 그것을 닮았기 때문이다. 주로 물 맑은 계곡을 차지하고 살아가는 물까마귀는, 소란스럽고 번잡한 것을 싫어해서 예로부터 수행자들의 벗이 되어왔다. 둥지도 깎아지른 절벽에다 선방을 세우는 선객禪客처럼, 주로 쏟아져 내리는 폭포 뒤에 만든다.

물까마귀의 생태도 선객의 그것을 많이 닮았다. 그는 강추위 속에서도 물속 깊이 잠수하여 물고기를 잡는다. 얼음 밑 자갈에 숨어 겨울잠을 자는 물고기를 찾아서 다이빙을 하기도 한다. 마치 머리에 불이 붙은 듯 용맹정진하는 선객의 그것을 닮았다. 시인 최명길은 한국시에 이 물까마귀를 입방시켰다. 아마도 우리시에 물까마귀가 날아온 것은 처음이 아닐까 싶다.

> 벼락바위를 휘돌아드는 물길은 급하다.
> 물까마귀가 올해에도 그곳에서 겨울을 난다.
> 아주 급한 물살,
> 얼음조차 겁이나 비켜서는 물길 속에서
> 살기 위해 곤두박혀 몸부림치는 물새여
> 물은 토왕성 낭떠러지를 뛰어내려서인지
> 겨울이면 더 새파래진다.
> (중략)
> 손끝으로 아직 뜨거운 불기운이 스친다.
> 지상의 힘으로는 도저히 감당해 낼 수 없는
> 단 한 번의 불힘이 바위를 내리쳤겠지
> 이름 별나 설악산 이정표로 삼기도 하지만
> 그 아래로는 물이 홀연히 꺾이면서 만들어놓은
> 맑고 가물한 道川潭
> 물까마귀들의 식사거리가 파들대는 물 안
> 나는 돌난간을 붙들었다 얼른 놓고

까만 날갯짓에 놀치는 깊이를 헤아린다.

–「물까마귀의 겨울살이」(『시와세계』, 2010년 가을호) 부분

이 작품 속에 등장하는 사물의 이름들은 하나같이 강하고 격한 이미지들을 지니고 있다. 벼락바위, 토왕성 낭떠러지, 급한 물살, 엄동 동장군 등이 그러하다. 이들을 묘사하는 용언들 역시 격렬하다. 급하다, 새파랗다, 입을 다물다, 맥을 못 쓰다, 내리치다 등이 그러하다. 이러한 이미지들을 만들어 내는 것은 자연의 웅장한 힘이거나 신적 존재이다. 이 작품에서는 단 한 번의 불힘으로 바위를 내리친 '하늘'이 그것이다. 이 하늘이라는 존재 앞에 모든 사물들은 마치 사투를 벌이듯 격렬하게 자신의 존재를 드러낸다.

물까마귀는 이곳에서 생존한다. 주변 자연에 비해 왜소하기 이를 데 없는 물까마귀가 사는 곳은 이름 자체가 비범한 '도천담道川潭'이다. 시인은 이 도천담을 묘사하기를, "그 아래로는 물이 홀연히 꺾이면서 만들어놓은 맑고 가물한" 곳이라 했다. 그 안에 물까마귀들의 먹이들이 산다. 시인은 이 도천담 물 안에서 파들대는 물까마귀의 식사거리들을 본다.

시인이 본 것은 무엇일까. 시인이 마지막 행에서 "까만 날갯짓에 놀치는 깊이를 헤아린다."라고 쓴 것으로 유추해 보건대, 그것은 아마 물까마귀와 물속 생명들의 생존을 건 사투일 것이다. 물까마귀의 날갯짓에 '놀치는

깊이'는 생존, 혹은 생명의 존재 방식에 대한 비유이다. 제목이 '물까마귀의 겨울살이'인 것은 이 때문이다. 즉 이 사투는 '살림'에 관한 것이 되는 것이다.

또 하나, 이 작품에서 물까마귀는 구도자의 상징이기도 하다. '도천담'이라는 이름도 그러하거니와, "물이 홀연히 꺾이면서 만들어놓은 맑고 가물한"이라는 묘사 역시 구도의 공간에 대한 묘사에 가깝기 때문이다. 이곳에서 물까마귀는 식사거리와 사투를 벌인다. 물까마귀의 생태를 감안한다면 이것은 목숨을 건 사투다. 이는 마치 구도자가 깨달음을 얻기 위해, 또는 '도道'를 깨치기 위해 용맹정진하는 모습과 닮아있다. 그러면 '놀치는 깊이'는 이 구도행각의 깊이에 대한 비유로 읽을 수 있다.

이 물까마귀의 날개짓을 생존으로 읽어내든, 구도행각으로 읽어내든 이는 모두 '겨울살이'라는 말로 수렴된다. 생존이든, 구도든 이 모든 것은 겨울살이처럼 고되고 치열하다는 것을 의미한다. 그렇다고 생존과 구도가 딱히 분리되는 것도 아니다. 이 작품의 성취는, 생존도 구도의 일부요, 구도도 생존의 일부라는 것을 보여주고 있다는 데 있다. 최명길 시인의 많은 작품들은 이 작품에서처럼 이 둘을 분리시키지 않는다. 그는 '생존이 곧 구도요, 구도가 곧 생존인 세계'를 웅혼하고도 장엄하게 보여준다. 이는 '시 쓰기가 곧 구도요, 구도가 곧 시 쓰기'라는 명제로 나아간다. 아래 작품들은 시인이 여기에 도달하기까지의 길을 잘 보여준다.

나는 나비가 되오리.
그대는 꽃이 되오시라.
내가 벼랑을 날아
그대에게 다가가오리.
알 수 없는 그대 비밀 엿들으러
내 속 마음 삐끔 내어보이고
여시인 여시과…. 이렇게 읊조리면
그대 닫힌 입술 조금만 벙글러 주오시라.
첫새벽 바다와 하늘 빙긋 열리듯이
그렇게 벙글러 주오시라.

한 즈믄 해 지난 다음쯤에야
그대가 나비 되오시라.
나는 꽃이 되오리.

-「꽃과 나비의 노래-花蝶詞」
(『화접사』, 1978, 월간문학) 전문

새는 멀리 날기 위하여 목욕을 한다.
깊은 물 속에서 하늘의 길을 꿈꾼다.

-「서시 1. 새」(명상시집『바람속의 작은 집』,
1987, 나남) 전문

북창을 열어젖뜨리니 왜가리 날고
남창을 밀어젖히니 눈이 붉은 짐승들

무심히 건너다보는 산밭
황혼불 일고
隱者, 물을 건너다.

–「隱者, 물을 건너다」
(『은자, 물을 건너다』, 1995, 동학사) 부분

새는 허공 속으로 날아서 가고
나는 걸어서 우주 속으로 들어간다.
마음은 광활한 우주
터럭 한 잎 걸머메고
나는 내 마음 속으로 들어간다.

–「걸어서 우주 속으로」
(『콧구멍 없는 소』, 2006, 시학) 전문

「꽃과 나비의 노래–花蝶詞」는 우리 전통 정서와 불교적 사유가 결합된 작품이다. 향가나 고려가요에서 나타나는 기다림과 정한의 세계를 배경으로, 불교경전인『묘법연화경』에 나오는 구절을 절묘하게 결합시켜 개성적인 울림을 자아낸 시라고 평가할 수 있다. 첫 시집의 표제작이기도 한 이 작품은 시인의 출발이 전통 서정과 불교적 상상력을 바탕으로 하고 있음을 잘 보여준다.

이 시에 등장하는 여시인如是因·여시과如是果는『묘법연화경』 방편품에 나오는 구절로, 우주의 모든 현상을 열 가지 측면에서 관찰하여 십여시十如是로 추출해낸 것들 중 두 개에 해당하는 것이다. 이 중 여시인은 생명의 내

면에 간직되어 있는 원인을, 여시과는 생명에 내재하는 인이 연緣의 도움으로 발동하여 생명에 각인을 남기는 것을 말한다.

시인은 여시인 다음에 이어지는 여시연緣을 뛰어넘어 바로 여시과로 넘어감으로써 인연의 결과를 향한 화자의 마음을 고조시킨다. 연시戀詩의 구조로 이루어진 이 작품은 우리의 전통 서정시가 보여준 미학을 고스란히 간직하면서, 훗날 이어지는 치열한 구도행각을 예비한다.

명상시집 『바람 속의 작은 집』의 서시에 해당하는 「서시 1. 새」는 단 2행의 시로, 그의 시세계가 어디를 지향하고 있는지를 명증하게 보여준다. 시인은 1행에서 새가 멀리 날기 위해 자신의 몸을 목욕한다고 말한다. 목욕을 한다는 것은 구도의 자세와 태도에 대한 상징이다. 시인은 뒤이어 깊은 물속에서 하늘의 길을 꿈꾼다고 말한다. '깊은 물속'이란 구도의 공간이기도 하고, 구도 행위 자체이기도 하다. 시인이 이 시집을 명상시집이라 명명한 만큼 '깊은 물속'은 명상 그 자체에 대한 은유일 수도 있다. 어찌 되었건, 이러한 구도 행각이 지향하는 곳은 하늘의 길이다. 하늘의 길이란 천도天道, 즉 자연과 천지의 이치를 깨닫는 길을 말한다. 이 작품으로 보면, 이 시절 시인이 탐구한 것은 동양적인 도가사상에 가깝다고 할 수 있다. 시를 전개해가는 상상력과 시어들이 노장철학의 무위자연설에 기댄 도가사상과 닮아있기 때문이다.

그 다음 시집의 표제작인 「隱者, 물을 건너다」는 이를 잘 보여준다. 깨달음보다는 자연과의 합일이 앞선 형국이다.

「걸어서 우주 속으로」는 그의 사유가 명확히 불교 쪽으로 기울었음을 보여준다. 이 시의 주체는 '새'가 아니라 '나'이다. 그리고 그 나는 '걸어서' '우주' 속으로 들어가는데 그 우주는 다름 아닌 '마음'이다. '나'가 주인공이 되고, 목표가 '마음'이 되었다는 것은 온전히 불교적 사유의 소산이다. '걸어서' 간다고 하는 것은 주체의 의지를, '터럭 한 잎 걸머메고' 간다는 것은 주체의 태도를 표상한다. 주체의 의지와 태도가 강조되고 있다는 점에서. 시인이 천착하고 있는 불교적 세계가 깨달음을 얻기 위해 용맹정진하는 선불교의 세계임을 짐작할 수 있다. '터럭 한 잎 걸머메고'라는 표현은 선의 초조인 달마를 연상케 한다. 시인이 '선객의 모습'으로, 시가 '깨달음의 노래'로 바뀐 것이다.

> 나는 콧구멍 없는 소다. 누구도
> 내 코를 꿰어 끌고 갈 수 없다.
> 채찍을 휘둘러 몰고 갈 수도 없다.
> 나는 다만 콧구멍 없는 소
> 홀로 노래하다 홀로 잠든다.
> 구름 쏟아지면 쏟아지는 구름발 속이
> 폭풍우 몰아치면 몰아치는 소용돌이

그 속이 바로 나의 집 나의 행로다.
내 너무 괴로워 못견딜 때엔
하늘을 향해 크게 한번 으흐흥 하고
울부짖으면 그만
나는 한 마리 뿔무소다.

–「콧구멍 없는 소」
(『콧구멍 없는 소』, 2006, 시학) 전문

날마다 새날을 받아들고 무얼 했던가
하루하루 새날 그 원고지 칸을 메워가며
삶을 삶같이 살았던가
어질거리는 그림자만 놓아두지는 않았던가
정신의 고갱이로 원고지 칸을 메워갔던가
화강암을 정으로 쪼아 원융을 돋워 내듯
일상을 돋워 새날 원고지에 담았던가
(중략)
잠들기 전 다시 이 하루라는 원고지를 본다.
내일도 백지 한 장 같은 새날의 그 원고지를
변함없이 하늘은 내려 주시겠지만

–「날마다 새날을 받아들고」
(『현대시학』, 2008년 6월호) 부분

시집의 표제작이기도 한 「콧구멍 없는 소」는, 시인이 본격적으로 깨달음을 향해 정진하고 있음을 보여준다. '콧구멍 없는 소牛無鼻孔處'는 중국 법안종의 종주 법안선사의 어록에 실려 있는 선어禪語로, 우리나라에서는 한국불교의 중흥조로 평해지는 경허선사가 이 말을 통해 깨달음을 얻게 된 이후 널리 알려지게 되었다.

시인은 시집 『콧구멍 없는 소』의 서문에서 "콧구멍 없는 소는 곧 꿈꾸는 세계이다. 누구든 이 세상에 와서 부대끼다 보면 삶이 칡넝쿨처럼 얽히고설키게 마련이다. 그것은 동아줄로 꽁꽁 묶여있는 상태와도 같다. 그러나 어느 한순간 그 모든 넝쿨을 탁 끊어 버리면 문득 이 세계가 환해지고 홀로 우뚝하다는 작은 깨달음이 온다. '콧구멍 없는 소'는 바로 그 순간의 '나'이다."라고 밝힌 바 있다.

이는 경허 선사가 오도송으로 노래한 세계, 즉 "어떤 사람이 콧구멍이 없다고 하는 말을 홀연히 듣고, 삼천대천세계가 내 집인 줄 몰록 깨달았네."의 세계와 같은 것이다. 인용시는 이처럼 '시 즉 오도송'이라는 시인의 관점을 보여주는 작품이다.

「날마다 새날을 받아들고」는 시인이 이 '시 즉 오도송'의 경지에 닿기 위해 시쓰기에 매진하는 모습을 잘 보여준다. 그것은 "정신의 고갱이로 원고지 칸을 메워"가고, "화강암을 정으로 쪼아 원융을 돋워 내듯/ 일상을 돋워 새날 원고지에 담"는 용맹정진을 필요로 한다. 이는 일신우일신의 자세를 놓지 않고 정진을 거듭하는 선객의 모습이기도 하다. '물까마귀'는 이러한 각고의 정진을 통해 얻은 화두와 같은 상징이다.

시인이 한국시사에 입방시킨 물까마귀는 '시 즉 오도송'을 추구하는 시인 자신의 실존적 모습이 투사된 존재이다. 그것은 은자의 현현이기도 하고, 용맹정진하는 선객의 현현이기도 하다. 최명길 시인은 자신만의 시세계를 오체투지하며 개척해온 끝에 생동하는 활구로 날아다니는 물까마귀 한 마리를 탄생시킨 것이다.

물까마귀, 뿔무소를 찾아나서다 – 『히말라야 뿔무소』의 세계

뿔무소는 뿔 하나 달린 코뿔소를 말하는 것으로, 불교경전 「숫타니파타」에 나오는 유명한 구절 "무소의 뿔처럼 혼자서 가라"에 등장하는 바로 그 무소이다. 시인은 앞서 인용한 시 「콧구멍 없는 소」에서 일찍이 이 뿔무소를 등장시킨 바 있다. 이 시에서 "콧구멍 없는 소"는 마지막 구절에서 "한 마리 뿔무소"로 전치된다. 이 작품에서 시인이 노래한 "콧구멍 없는 소"가 '자유'와 '홀로 있음'에 방점이 찍혀 있다면, "한 마리 뿔무소"는 "하늘을 향해 크게 한번 으흐흥 하고/ 울부짖으면 그만"이라는 구절에서 알 수 있듯이 이 세계로부터의 '해탈'과 '초월'에 방점이 찍혀있다.

시인이 이번 시집에서 전면화한 뿔무소는 이 해탈과 초월성을 함의한, 저 유명한 '심우도尋牛圖'의 소에 가깝다. 인간 본성을 회복하는 과정을 소를 찾는 것에 비유하여 그린 선화禪畵 심우도는 보통 열 단계의 장면으로 구성되어 있기 때문에 '십우도十牛圖'로 불리기도 한다. 여기에 등장하는 소는 진아眞我, 진심眞心, 본래 면목, 근원, 생명력 등으로 두루 해석된다.

시인의 불교 은사로 불교학의 거두인 이기영은 곽암선사의 '십우도'를 해설한 책 『십우도十牛圖』(한국불교연구원, 1995)에서 이 소를 "우리들의 진심眞心, 맑고 밝고 바른 마음"(46쪽)으로 보고, 십우도를 "자기의 진심을 찾아 나선 것을 소를 찾아 나선 것으로 표현"(66쪽)한 것으로 정의했다. 그는 "방편으로서 자기 자신 밖에 있는 그 무엇처럼 '소'는 잠깐 빌려 썼던 가설목표에 불과"(같은 쪽)하다고 덧붙였다. 이기영이 말했듯이 심우도에서 소는 나는 누구인가, 나의 본래 면목은 무엇인가를 찾아가기 위해 방편으로 삼은 '하나의 대상'이자 '하나의 과녁'이다.

최명길은 그의 스승이 말했던 바대로 나는 누구인가, 나의 본래 면목은 무엇인가를 참구하기 위해 뿔무소를 방편 삼아 목숨을 걸고 설산 히말라야를 올랐다. 시인은 '시인의 말'에서 "설산 히말라야는 한 마디로 선의 콧구멍이요 도의 배꼽이다. 거기 빠져죽은 자가 얼마이던가."라고 말했다. 히말라야가 선의 정수를 품고 있다고 본 것이다. 시인은 뿔무소로 형상화된 본래의 진심, 본래의 면목을 찾기 위해 선의 정수를 품고 있는 히말라야로 길을 떠났다.

너와 나 두 나뭇가지 사이에는
이 세상에서 가장 강렬한 태풍의 눈이
천둥 벼락을 안고
그 보다 더 큰 걸 안고 잠들어 있다.
　　(중략)
송곳처럼 비쩍 마른 나뭇가지 둘
그 알 수 없는 집 둘
가끔 무지개다리가 놓일 법도 하지만
너와 나 그와의 절벽 사이에는

―「너와 나 사이」 부분

시집을 열면 처음 만나게 되는 이 시는 시인의 히말라야 행이 '너와 나'의 존재 규명과 관련되어 있음을 알려준다. 이 시에서 너와 나, 분리되어 있는 이 두 개의 존재는 서로 만날 수 없는 상태에 놓여있다. 시인은 이 둘 사이에 "이 세상에서 가장 강렬한 태풍의 눈이/ 천둥 벼락을 안고/ 그 보다 더 큰 걸 안고 잠들어 있다."라고 말한다. 이 시는 이후에 전개될 두 존재의 격렬한 부딪힘을 예비한다.

히말라야 뿔무소는 뿔 둘 달린
물소가 아니다.
외뿔을 달고 거친 설산에 사는 코뿔소다.
　　(중략)
뿔은 그의 모든 것

뿔이 그 자신이요 전 생애다.
그 무소뿔을 붙들고 종일 서성거리며
나는 잠든 눈을 가늘히 떴다.

–「무소 외뿔소」 부분

이 시는 이번 시집이 심우도의 구도 속에 있음을 선명하게 보여주는 작품이다. 심우도의 소는 둘이나 다수로 분할될 수 없는 존재, 즉 '절대적인 하나'로서의 실체를 뜻한다. 그것은 '완전한 홀로 있음'을 자신의 정체성으로 삼는다. 시인이 그리고 있는 '무소뿔'은 이의 상징이다. 시인은 히말라야에서 이것을 찾기 위해 "잠든 눈을 가늘히" 뜨고 있는 것이다.

히말라야 꿈 속의 나 혹은
내 꿈 속의 히말라야, 이 도무지 모호한
한켠에 엉거주춤 선
한없이 오종종한 나,
그 나가 나라 말할 수 있는
그 나란 말인가

–「히말라야에 걸려들어」 부분

길바닥에 발자국만 남아 있다.
뿔무소는 어디로 가고
나 그 뿔무소 발자국을 잠깐 열어보았다.

–「히말라야 뿔무소」 부분

심우도는 소를 찾는 심우尋牛, 발자국을 보는 견적見跡, 소를 보는 견우見牛, 소를 얻는 득우得牛, 소를 기르는 목우牧牛, 소를 타고 집으로 돌아가는 기우귀가騎牛歸家, 소를 잊고 사람만 남는 망우존인忘牛存人, 소와 사람, 둘 다 잊는 인우구망人牛俱忘, 본래의 근원으로 돌아가는 반본환원返本還源, 시중에 들어가 중생을 돕는 입전수수入廛垂手의 단계로 구성되어 있다.

시인은 거듭거듭 질문을 던지며 이 심우도의 여러 단계를 몸으로 헤쳐 간다. 이 과정 속에 '너'와 '나'는 분리되기도 하고, 격렬하게 부딪히기도 하고, 합일되기도 한다. 위의 시들 중 「히말라야에 걸려들어」는 소를 찾는 심우의 단계, 「히말라야 뿔무소」는 견적의 단계에 해당한다고 할 수 있다. 시인은 여러 편의 시에서 이 심우와 견적의 상태를 노래하고 있다. 그만큼 나의 본래 면목을 바로 보고자 하는 열망이 컸었던 것이다. 아래는 이러한 열망 끝에 얻은 세계를 노래한 시들이다.

> 이제 더 말하지 말라
> 나는 그냥 맨몸이다.
> 맨몸 그 하나만이 곧 나의 말이다.
> (중략)
> 다름 아닌 맨몸이다.

– 「禪, 히말라야」 부분

너와 나 사이 수수점병 같은 달이 뜨고
산 안에서 그냥 뿔무소를 타고서
내키는 대로 돌아다녔다.
하는 대로 내버려두었다.
　(중략)
오슬오슬 저물도록 놀았다.

－「뿔무소 타고 종일 놀다」 부분

우주의 뿔이었다.
함부로 넘어설 수 없는 대자유인의 경계,
　(중략)
누구에게도 순종한 적 없으나
누구나 다가올 수 있게
길을 튼 다만 혼자인 흰뿔무소였다.
그로 하여 내 유락은 끝났다.

－「우주의 뿔」 부분

위의 시들은 시인이 히말라야 포행의 끝에 얻은 그 어떤 절정의 세계를 담고 있다. 시인만이 얻은 심우도 속의 소이다. 그것이 선적으로 어떤 단계에 이르렀는지를 말하는 것은 주제넘은 일이다. 득우, 인우구망, 반본환원의 경지가 있다고, 맨몸과 대자유를 얻었다고 축약해서 말하면 위의 시들을 읽는 즐거움은 사라지고 만다. 다만 독자로서 시인이 '유락'이라고 표현한 히말라야 포행의 절정을 노래한 시들을 한껏 자유롭게, 온몸으로 '유락'하는 게 예의일 듯싶다. 그것이 히말라야 뿔 위에서도 시를 놓지 않았던 시인의 진정한 바람일 것이다. 나는 이번 시집의 주를 이루는 "정신의 뼈다귀"(「우주의 뿔」)를 노래한 시들에서도 감동을 받지만, 시인이 유년 시절의 동심으로 돌아가 '고향'과 '엄마'를 그리워하는 시들에서 참으로 애련하면서도 애잔한 감동을 받는다. 시인은 고산증에 걸려 이틀을 굶주린 뒤 사먹은 감자를 두고 "내 어린 날 보명재 모래밭에서/ 엄마가 캐던 조그맣고 노리끼리한/ 강릉 감자/ 그 감자맛"(「히말라야 감자」)이라고 회억한다. 또한 히말라야의 "돌각 뙈기밭"에 보리가 자라는 것을 보며 "히말라야 보리파도에 실려 오는/ 쪽진 엄마 뒷모습"(「란두릉 보리이삭」)을 떠올린다. 시인의 또 다른 고향을 찾은 것이다.

시인은 이 시집의 원고를 "눈 덮인 설악산 앞에 앉아" "2014년 1월 7일"('시인의 말')에 갈무리했다. 영면에 드시기 4달 전이다. 영원한 고향에 드시기 전에 몸과 마음의 고향을 다 찾아놓고 가셨으니 시인의 마음이 어땠을까 참으로 궁금해진다.

■ 최명길 시인의 연보

1940. 5. 8 강원도 강릉시 입암동 339번지에서 부친 강릉인 최찬경 모친 삼척인 김화자 사이 칠 형제 중 둘째로 출생. 성장기에 조부 돈식의 품속에서 홍루몽 옥루몽 등 고전소설 읽는 소리를 자장가 삼아 잠들곤 했다.

1946. 강릉 성덕국민학교 입학.

1950. 6 · 25 한국전쟁 발발. 갑자기 바뀐 세상 탓으로 마을 어른들은 좌와 우로 갈리어 갈피를 못 잡고 갈팡질팡하며 곳집, 땅굴 등에 숨어 지내다. 9월 28일 수복이 되자 일부는 북으로 갔고, 일부는 부역으로 몰려 혹독한 고초를 당하다. 나는 겁 없이 전쟁을 구경하러 다니거나 총탄 화약 놀이를 하며 보내다.

1951. 1 · 4 후퇴. 가친은 가형과 암소 한 마리를 데리고 먼 남쪽으로 피난을 가다. 유엔 전투기가 집을 폭격했으나 살아남다. 조모는 총탄이 고관절을 뚫었다. 내 바로 밑 아우는 파편을 일곱 군데나 맞았고 파편 쪼가리 하나는 아직도 팔뚝에 남아있다. 내가 뛰놀던 마을 산천은 포화에 새까맣게 그을려 초토가 됐다. 나는 너무 많은 총포소리와 통곡소리를 들어야 했고, 너무 일찍 주검의 현장들을 보아버렸다. 나는 그때 이미 죽은 목숨이었다.

1952. 5학년 학급신문 〈꽃밭〉에 동시 '태극기'가 실림.

1953. 성덕국민학교 졸업. 최초로 영화 '엘레나'를 봄. 강릉사범병설중학교 입학. 시인 최인희 선생을 멀리서 보다('시인'이라는 이름을 처음 들음). 황금찬 선생 보결 수업(『삼국유사』「서동설화」)를 경청. 이듬해 중

2학년 때 마가렛 미첼의 『바람과 함께 사라지다』를 친구로부터 빌려 보다. 3학년, 시인 원영동 선생이 국어를 가르침. '북청물장수'와 '파초'를 외며 소꼴을 베러 다니다. 휴전선이 그어지면서 툭하면 강릉 비행장으로 나가 철조망을 사이에 두고 중립국 감시단 물러가라며 종일 궐기하다. 때로는 마을 인부로 동원돼 포남동 묘포장에서 잡초를 뽑는 일을 하기도, 강동 운산 등지의 움푹 파여 나간 국도를 찾아 군 트럭이 부려놓은 자갈을 망치로 깨 다져 넣다.

1955. 7. 28(음) 조모 타계.

1956. 강릉사범병설중학교 졸업. 강릉사범학교 입학. 1학년 때 장학금을 받아 『국어사전』을 처음 사다. 국어 교과서에 나오는 명문 명문장에는 어려운 낱말이 왜 그리 많은지 책장은 금방 새빨개졌다. 이후 나는 명문장을 암송했다. '산정무한' '백설부' '면학의 서' 안톤슈낙의 '우리를 슬프게 하는 것들'과 '관동별곡' '유산가' '정과정' '헌화가'를 흥얼거리고 다녔고 '정과정'과 '가시리'는 아직 흥얼거린다. 농가의 초동이었으므로 소를 몰고 다니면서도 이 명문들을 암송했다. 라디오가 없던 시절이라 광석 수신기를 조작해 모깃소리 같은 깽깽이 소리를 듣곤 하였는데, 알고 보니 바흐 베토벤 멘델스존 모차르트 드뷔시 등의 명곡들이었다. 강릉 포교당에서 당시 오대산 상원사에 주처 하던 탄허스님을 대면하고 삼배를 올리다.

1958. 시인 윤명 선생 담임. 문학(시)에 대해 최초로 눈뜨기 시작. 월간 『현대문학』을 처음 대하다.

1959. 강릉사범학교 졸업.

1960. 무작정 머리 깎고 강릉 월대산 대승사를 찾아가다. 얼마 후 주지 최수운 선사로부터 묵주와『묘법연화경』을 받다.

1961. 3. 31 초등학교 교사로 초임 발령.

1961. 10. 15~1962. 12. 27 군복무(교보 군번 0041485). 중대 사역병으로 나갔다가 우연히 리태극 시비를 발견하다. 시비를 처음 보는 순간이었다. 나는 폭설에 뒤덮인 시비의 설빙을 쓸어내고 한참 동안 어루만졌다. 시비는 화천 파라호를 굽어보고 있었다. 소대에 꽂혀 있던 중편『불꽃』(선우휘)을 강한 인상으로 읽다.

1963. 3. 31 초등학교 교사로 복직. 수업이 끝나면 별로 할 일이 없어『세계전후문학전집』을 구입해 읽었고 특히 33인『한국전후문제시집』을 펼쳤을 때에는 흥이 절로 났다. 고은 구상 김남조 김수영 김종삼 박희진 성찬경 이원섭 등의 시인 이름을 처음 익혔다. 2000년 8월 31일 초등학교 교장으로 퇴임.

1964. 영덕군 〈꽃게〉 동인으로 시인 이장희 아동문학가 김녹촌과 활동.『현대문학』에 시 몇 편을 투고했으나 감감무소식.

1966. 1. 11 최명길 시화전(시화 '나는 박제된 새' 외 25점 〈그림 장일섭〉. 강릉 청탑다실)을 열다. 이후 허망감이 들어『세계문학전집』『현대한국문학전집』『당시』등을 숙독하며 시의 싹이 움트기를 기다리다.

1966. 4~1970. 3 고성 〈금강문학동인회〉 동인으로 시인 황기원 최형섭 소설가 전세준과 활동. 동인지『금강』

창간호를 비롯한 5권 발간. 시집 『청동시대』(박희진)를 심취해 읽다.

1968. 11. 24 조부의 갑작스러운 타계. 임종을 지켜보며 생의 무상함을 깊이 느낌. 이 무렵부터 등산을 시작하다.

1969~1981. 설악문우회 발기인으로 참가. 동인지 《갈뫼》 창간을 도움. 시인 이성선 박명자 이상국 고형렬 이충희 김춘만 소설가 윤홍렬 강호삼과 활동.

1970. 11. 19 김복자와 약혼 후 1972년 10월 31일 전통혼례. 관음선풍이 몰아치는 설악과 문기가 꿈틀거리는 속초가 좋아 고향 강릉 못 가고 설악 자락에 둥지를 틀다.

1971. 2. 2(음) 아들 선범 출생.

1972. 6. 7(양) 딸 수연 출생.

1975. 『현대문학』지에 시 '해역에 서서' '은유의 숲' '음악' '자연서경' 등의 신작시를 발표하며 등단(이원섭 선생 추천).

1978. 첫시집 『화접사』(월간문학) 출간. 12월 2일 설악문우회 동인들이 『화접사』 출판기념회(대한예식장)를 열다. 아동문학가 이원수 시인 이원섭 평론가 김영기 시인 임일진 선생 등이 축하해 주었다. 그 무렵 신흥사 조그만 선방에서 무산 조오현 큰스님을 뵈다. 이듬해 10.26사건으로 삶의 허무감을 깊이 느끼다.

1981. 9. 30 이성선 이상국 고형렬 시인과 〈물소리시낭송회〉를 시작. 나는 암울한 시기를 시로 버텼다. 1999년 6월 19일까지 18년 동안 149회 개최.(2013년 12

월 6일 시낭송 재개). 한국방송통신대학 입학.
1984. 시집 『풀피리 하나만으로』(스크린교재사) 출간.
1986. 2. 28 한국방송통신대학 졸업(초등교육 전공). 3월 경희대학교 교육대학원 입학(서정범 박이도 고경식 최동호 교수로부터 사사). 월하 김달진 노옹 뵈다. 『현대문학』 10월호 시 특집 '반달' 외 6편 발표.
1987. 명상시집 『바람속의 작은 집』을 최동호 교수의 도움으로 나남에서 출간하다.
1989. 7. 14~7. 24 문교부해외연수단으로 태국 말레이시아 싱가포르 일본 등 시찰. 8월 30일 경희대학교 교육대학원 졸업(교육학 석사, 논문: '永郎 詩에 나타난 〈마음〉 硏究': 원효의 『대승기신론소』를 중심으로 영랑 시의 「마음」을 심층 분석).
1991. 시집 『반만 울리는 피리』(동학사) 출간. 8월 4일 한국불교연구원 입학 후 원장 불연 이기영 선생으로부터 '해운'이라는 법명을 받다. 1997년 금장법사 인증.
1992. 6. 8(음) 모친 타계.
1995. 2. 8~2. 18 인도 엘로라 · 아잔타 석굴, 바라나시와 석가 성도지 부다가야 여행. 시인 황동규 최동호 김정웅 박덕규 고경희 소설가 송하춘 등과 동행. 2월 17일 캘카타 테레사의 집에서 테레사 수녀를 뵈다. 여리고 작은 손이 투박한 내 손안에 들어왔으나, 작은 손은 세계를 감싸 안는 듯 컸다. 1월 26일(음) 부친 타계. 시집 『은자, 물을 건너다』(동학사) 출간. 시 '화접사-꽃과 나비의 노래' KBS 신작가곡으로 발표.(곡 박정선, 노래 신영조). 8월 25일 인간문화재

명창 안숙선과 첫 만남.

1997. 7~1998. 6 시인 이성선과 〈목요문예〉 문학강원개설. 1997년 『시와시학』 가을호 '70년대 시인들' 특집 시 '산낚시' '방뇨' 등 발표.

1998. 8. 28 문학동인 〈풀밭〉 '최명길 · 이성선 시인의 삶과 문학' 세미나. 이선용 조명진 정선 등이 최명길의 삶과 문학을 분석하다. 11월 15일 아들 선범(회사원) 권미영과 혼인.

1999. 4. 25 딸 수연 김상철(의사)과 혼인. 7월 8일 강원도 문화상(문학부문) 수상. '풀피리 하나만으로' 예술가곡으로 발표(곡 임수철 노래 이용찬).

2000. 8. 31 홍조근정훈장 받음.

2002. 6. 17~7. 26(39박 40일간) 산악인 김영기 최종대 방순미와 백두대간(지리산 천왕봉에서 금강산 마산봉까지 〈도상거리 684km, 실제거리 약 1,240km〉) 종주 산행. 백두대간 봉우리마다 시 한 편씩 총 141편을 쓰다. 후에 서시 2편과 '백두대간 백두산' '한라산 백록담'을 추가해 총 145편을 초고. 여기에 산경 88을 더해 11년여 동안 다듬어 『산시 백두대간』으로 탈고(2013년). 그중 일부인 '지리산 천왕봉' 외 15편을 『현대시학』 같은 해 11월호 특집으로 발표하다.

2003. 11. 22~12. 2 아프리카 킬리만자로산 등반 및 탄자니아 응고롱고로 국립공원 답사.

2004. 4. 8~2006. 4. 6 방순미의 요청으로 시창작실 〈詩禪一家〉 운영. 격월간 『정신과 표현』 2004년 7/8월호~2008년 5/6월호 '산촌명상수필' 연재. '쪽판 외

다리'에서 '쏭화강 은어 도루묵'까지 23편.

2005. 3. 2~3. 17 히말라야 안나푸르나 등반. '히말라야 뿔무소' 외 12편 『현대시학』 11월호 '특별기획' 신작 소시집으로 발표.

2006. 3월~12월 신흥사불교대학에서 『대방광불화엄경』 「입법계품」강의. 김재홍 교수의 도움으로 『콧구멍 없는 소』(시학) 출간. 8월 15일~8월 20일 러시아 자루노비항과 훈춘을 거처 백두산 북문 도착 후 백두산 서파를 종주하다.

2007. 1. 1 새해맞이 축제(속초시 주관) 초청시인으로 참가 시 '정해년 첫 새벽에'를 낭송하다. 『님』지 산악수필 '국토의 숨결을 찾아서' 연재.

2010. 8. 28 만해마을에서 기획한 〈우리시대 대표작가와의 만남〉 만해문학아카데미 초청 문학 강연. 10월 23일 〈詩앗 포럼(좋은 세상)〉 '이달의 시인'으로 이영춘 시인과 참가.

2011. 11월호 월간 『우리시』(최명길 시인 집중조명) 신작시 「맑은 금」 외 4편. 자선시 '동해와 물 한 방울' 외 9편. 나의 삶, 나의 시 '시가 도다' 시인론 '큰 산, 깊은 골에 핀 꽃 같은'(방순미 시인) 시론 '물까마귀의 노래'(이홍섭 시인). 자술 연보, 화보 등 발표.

2012. 『하늘 불탱』(서정시학) 발간. 8월 『만해축전』 축시 「너도 님 나도 님 님도 님」 발표. 11월 10일 공주문화원(원장 나태주 시인)이 주관한 권영민 문학 콘서트, 〈방언의 시학〉 '사투리와 함께 읽는 팔도 시 이야기'에 구재기 고재종 나기철 정일근 등 시인들과 참가.

12월 1일 시집 『하늘 불탱』으로 『열린시학』(이지엽)이 주관한 한국예술상을 받다. 『열린시학』 겨울호 한국예술상 〈수상자 특집〉 수상소감 '소슬한 정신의 노래' 신작시 '정강이 뼈 피리' 외 1편, 자선대표시 '잎사귀 오도송' 외 9편, 작품론 「'詩禪一味', '禪那'로서의 시에 새겨진 고통의 편린들—최명길 시의 방법론」(이찬), 자술 연보, 화보 등 발표.

2013. 월간 『유심』 12월호 나의 삶 나의 문학 「시의 돌팍길은 미묘하고도 멀어」 발표.

2014. 4. 17 만해학술원(김재홍)이 주관한 만해 · 님 시인상을 수상. 만해학술원 측은 최명길이 한평생 추구한 '견고의 시학, 은둔의 시학은 만해 시학의 근본정신과 접맥돼 있다고' 평가했다. 『님』지에 신작 육필시 '나무 아래 시인' 수상소감 '시는 사유의 향기' 작품론 '일획 섬광의 소슬한 시'(이대의 시인) 등을 발표.

2014. 5. 4 영면. 백두대간으로 돌아가다.

2014. 10. 31 2014년 강원문화예술활성화지원사업으로 첫 번째 유고시집 『산시 백두대간』 발간(황금알).

2015. 11. 17 유고시집 『산시 백두대간』 2015 세종도서 문학나눔 도서 선정(한국출판문화산업진흥원).

2016. 4. 20 2016년 강원문화예술활성화지원사업으로 두 번째 유고시집 『잎사귀 오도송』 발간(서정시학).

2016. 5. 7 후산 최명길 시인 시비 제막식(속초 영랑호 습지 생태공원).